戲非戲168

我當道士那些年 II

My Career Days as a Taoist Priest

城中詭事

卷一

仐三　著

高寶書版集團

卷一・城中詭事

目錄

第一章　五年

陽春三月的陽光，從來都是溫暖而淡然的，我身在一個以悠閒出名的城市，在這樣一個充滿陽光的三月下午，也很是悠閒地坐在了某河邊公園的茶攤上。

一杯清茶，一本快翻爛的《搜神記》，一個人，這份悠閒的孤獨，其實也挺好。

從師傅離開開始，時光轉眼也已經過了五年，在這五年裡，我們時不時會得到一些線索，可惜不是太飄渺，就是無法抽身去驗證，有價值的線索不是沒有，但需要去追尋的代價也太大，現在顯然還不是時候，我們需要一些準備。

而在這五年裡，我也已經成功地在社會上立足了，憑藉所學，能掙得一份錢，用於開銷所用，倒也足夠，甚至還有結餘。

只是五年的時光，彷彿太久，在這五年裡，我越發孤僻沉默，酥肉說我這是缺乏安全感的表現，或許吧，我並不在意。

每一年，我們師兄妹幾個都會聚會一次，在聚會中，我一般也會動用一次中茅之術，請來師叔們，但我從來都沒有請過師傅一次，我自己也說不上是為什麼。

中茅之術就如我和承真講的那樣，只是一股意志，並沒有完整的記憶，最多也就是一些記憶的碎片，還是我觸碰不到的，除非哪一天我的功力高過了上一輩的人，或許可以強行破開一些記憶的碎片。

每當那個時候，總是我們師兄妹最緊張的時候，其實我們自己也不知道在緊張一些什麼，畢竟中茅之術判斷不了那個人是否還活著，可我們就是緊張。

每次施術完畢之後，我總會有一種莫名的感覺，那就是師傅他們都還活著，這種感覺每一年都有，我相信自己的靈覺，而這種感覺也就是支撐我們的動力，他們都還活著。

在這五年裡，肖承乾也找過我幾次，從他的言語中來看，他們那個組織的內鬥彷彿越演越烈，我不關心這些，我們只是交換線索，但有一次，肖承乾央求我用中茅之術請一次吳立宇，我在考慮之後答應了。

通過那一次的中茅之術，我知道，吳立宇也還活著。

也不知道是不是因為跟隨師傅滅了蟲子，積了大德，我的三、六、九劫，也就是二十九歲那年的劫難過得還不算太難，不過也不太平安，接了一單生意，遇見一個難纏的怨靈，偏偏自己運勢又弱，莫名其妙地倒楣了大半年，走路都能被花盤砸到那種，除了苦笑，安靜地修身養性提高氣場以外，我也沒有別的辦法。

在事後，我總結了一下，就像我以為我跟隨師傅見識了那麼多的大場面，普通的鬼物仙家之類已不在話下，但到底我低估了這個世界，而高估了自己。

陽光有些懶散，弄得我整個人也有些懶散起來，我伸了一個懶腰，把腿搭在另外一張凳子上，用書蓋住了臉，在這茶攤上閉眼小寐一下，倒也是一個不錯的選擇。

可惜安靜了不到十分鐘，我臉上的書就被扯開了，我睜開眼，首先看見的就是酥肉的一張大臉，他喊著：「三娃兒。」然後唾沫星子噴到了我臉上。

我無語地掏出一張餐巾紙擦了擦臉，然後說道：「酥肉，你已經是堂堂大老闆，能不能不要那麼風風火火的，注意點兒形象好吧？」

酥肉聞言，咳嗽了一聲，整了整領帶，然後一副優雅的樣子看著我，說道：「是不是發現附近有我的員工？」

我摸出菸來點上，說道：「沒有。」

上一次，他和我喝醉，在路上很沒形象地逗哭了一個不過十歲的小妹子，被他的員工正好看見以後，他就隨時擔心著他的員工會從某個地方冒出來。

他聽我說了沒有之後，總算鬆了一口氣，趕緊扯了扯領帶，然後端起了我的茶杯，一口氣喝乾了以後，單腳往凳子上一放，才說道：「那要個屁的形象，老子就是農村長大的娃兒，咋了？老子現在就是有錢了。」

「嗯嗯嗯。」我點頭表示贊同，就如我師傅那一年看了酥肉，說這小子是個富貴命，他果然就是個富貴命，在廣州揣著沁淮借給他的本錢，憑著敏銳的眼光倒騰過來，折騰過去，他第一年就發了，然後錢就越來越多，止都止不住。

可惜我的贊同不代表所有人的贊同，酥肉那番慷慨激昂的話，直接換來了一個前來倒茶的小妹鄙視的眼神，人家白了酥肉一眼，水壺重重地一放，頭一扭，連水都不給酥肉倒好，扭著屁股就走了。

酥肉一拍桌子，喊道：「小妹兒，妳以為哥哥吹牛啊？等一下，銀杏吃飯，去不去？哥哥埋單！」

狗日的酥肉，我笑了一聲，然後說道：「這個小妹兒是老闆的女兒，人家偶爾來幫忙，當然有點脾氣。你當真要請她去銀杏吃飯？那我給劉春燕打個電話，行不？」

一提劉春燕，酥肉就焉氣了，趕緊說道：「得了，那個母老虎，不要說她，壞了我的悠閒心情！三娃兒，你要是敢出賣我，我……我就……」

「嗯，我知道……絕交嘛！」我呵呵一笑，和酥肉隨便慣了，這些玩笑倒也無妨。

酥肉這小子只是口花花，其實心裡是極珍惜劉春燕的，有緣分的人終究是有緣分，從小學到現在那麼多年，他們終究是走到了一起，又怎麼可能不珍惜？

說起來，當年我給酥肉的那一通電話，現在想來倒是真的打對了，我跟他說起了劉春燕的近況，那小子記在了心裡，在廣州混出了點兒名堂之後，當年就回了村子，找到了劉春燕……具體的戀愛過程，說起來就有些長了，但有情人終成眷屬這個結局倒是很美滿的。

兩人扯淡了一陣子，我收起那本被我翻爛的《搜神記》，對酥肉說道：「直接說吧，找我啥事兒？」

「就憑我倆的感情，我就不能來找你？我就知道你又在這裡偷懶。」酥肉毫不客氣地從我衣兜裡翻出菸來，點上了，劉春燕現在不許他抽太多菸，這小子就在我身上拿，還沒證據。

「今天又不是週末，而且也不是晚上，大下午的，你會沒事兒忙，專程來找我，總是有事的吧。」我笑著說道。

「你小子能不能讓我保持點兒神祕感？好吧好吧，我這兒是有單生意，你接不接？」酥肉很認真地對我說道。

「是你推不掉的？我今年上半年不太想接生意的。」我很直接地說道。

「我知道你的，看你吧，其實就是生意上的朋友，你若不想接，那也就算了。」酥肉也很直接。

「誰？說來看看吧。」我估計酥肉這小子可能和那個人有什麼生意上的往來了，不然他是懶得管這些閒事兒的，更別說來麻煩我。

我和酥肉是兄弟，有些話不用說得太明白，我也自然會幫他。

「說起來，你也認識，安宇的生意，你接不接？」酥肉這樣跟我說道。

「他？」我一下子皺起了眉頭。

「是啊，就是他，如果你不想接，我推了就是了。不過，三娃兒，我先說明，這次的事兒，和我和他的交情、生意都沒有關係，我其實也不太待見那小子，只不過，這一次，他哭著找上門來，說是有人搞他，人命關天，我心裡又同情那小子了。他在某些地方上不太地道，但你也知道，他對朋友沒話說的。」酥肉在一旁給我解釋道。

我揉了揉眉頭，然後對酥肉說道：「那你現在給他打電話吧，約個地方見面，什麼事情詳細地說說。我看情況，要不要出手吧。」

「知道，如果是他自己沾的因果，而且糾纏太深，你是不會出手的。」酥肉一邊拿起了電話，一邊撥了出去。

第二章 安宇其人

酥肉最終沒請茶老闆的女兒去銀杏吃飯，倒是打電話約了安宇在銀杏酒樓見面，掛了電話，酥肉對我說道：「批娃娃（四川罵人的方言）大下午的就在么五（十五）一條街找女大學生了，總有一天他得死在女人的肚皮上。我讓他訂了個銀杏的包間，今天晚上他請客。」

么五一條街是在本市出了名的紅燈區，之所以出名是因為出臺的女孩子基本上是在地的女大學生，價錢一般在一百五，所以就叫么五一條街。

我和酥肉一般是不會去那裡廝混的，酥肉肯定是不敢，因為家有劉春燕。至於我，可能和清高無關，也和虛偽無關，不願意就是不願意。

或許，心中一直有了一個如雪，也就把很多事情都看淡了。

歲月，真是個神奇的東西，它能沖淡很多傷口，思念，感情，可也能沉澱很多東西，讓那些東西在心裡發酵，越發醇厚濃郁！

就如那麼多年了，我越發思念師傅，對如雪的感情也是越發放不下了，此生不能再愛，想著或許有些悲涼。

想到這裡，我不禁有些愣神，酥肉在旁邊喊道：「三娃兒，喂……又在想啥子喃？」

我一下回過神來，笑著說道：「沒想什麼，走吧。」

酥肉拿出他那寶馬車的鑰匙，對我說道：「開我的車去？」

「算了，我不習慣，就開我的車吧。」一九九年，寶馬車絕對是有錢人的標誌，我個人很不習慣開著寶馬時，人們的目光與態度，這讓酥肉一度認為我是個怪人，竟然會不習慣社會地位。

而在我自己看來，或許是與我有些孤僻、封閉的性格有關。

面對我的拒絕，酥肉無奈地收了鑰匙，說道：「好好，就開你那輛桑塔納，總有一天我要給你弄得報廢了，然後給你換輛寶馬，看你以後開車還是走路。」

我心中一暖，微微一笑，這小子發財以後，總是恨不得把我的生活也變得高品質起來，這份兄弟情誼我怎麼可能體會不到？一把攬過酥肉，我說道：「快走吧，不要囉嗦了，不是說好去銀杏吃安宇那小子一台嗎？」

我和酥肉趕到銀杏時，安宇還沒有到，酥肉也不客氣，問清楚了安宇所訂的包間，然後坐進去，就大大咧咧地開始點菜，我最愛吃的蛋黃焗蟹，他要了兩份，上好的瀘州老窖，他點了兩瓶，沒辦法，我們不愛茅臺，也不愛五糧液，獨獨就喜歡上了年份的老窖酒。

「三娃兒，吃，別替那小子省錢，他的錢不過也是拿來禍害姑娘的。」菜上好後，酥肉就夾了一個很大的蟹箝給我，半分沒有等待安宇的意思。

我也沒拒絕，埋頭就開始吃起來。

走入社會，我也才知道人的無奈在哪裡，人情、現實就像一張網一樣，會把你牢牢實實地網起來，做你不願意做的事，陪你不願意陪的人。

修者，也不可能獨立於這滾滾紅塵之外，只因為修行沒到一定的程度，你總需要大量的錢來支撐修行，這樣回想起來，我和師傅在竹林小築的日子，倒真是神仙一般的日子了，這還仰仗於師祖大量的遺留。

原本我也可以利用師傅給我留下來的東西，不沾染這些事情，瀟灑地生活，隨著年齡和見識的增長，我早就知道了師傅留下來的東西的價值，就說我手腕上這一串奇楠沉，毫不誇張地說，就可以換一套上好的房子。

但我捨不得，這些東西我一樣都捨不得動，所以我只能去面對這個社會，選擇性地做一些事情，我深知，不是什麼錢都可以賺，也不是什麼人都值得我去為他化解什麼，人總要有自己的底線。

而安宇這個人，游離在我底線的邊緣，還不算破了我的底線。

飯吃到一半的時候，安宇終於到了，他個子不算高，卻是瘦得離譜，長得算是斯文，但臉色白中泛青，眼袋很重，還有淡淡的黑眼圈，一看就是被酒色掏空了的身體。

他不是一個人來的，照例帶了一個年輕的女學生，這個人說不上有大惡，就是花心好色，不過他也不使用什麼手段，他的好色往往就是「錢貨兩清」的事，這也是我曾經做過他一單生意的最終原因。

因為他沒有仗勢欺人，還是講究個你情我願。

他來之後，看見我和酥肉已經吃喝起來，也不介意，拉過椅子先讓那個女學生坐下之後，自己再坐下了，然後就開始熱情地招呼我們，先是自我罰酒，又是敬酒，處事手段頗有些高超，熱情又不過度，讓人很難對他討厭起來。

我始終是淡淡的，安宇也不在意，他和我接觸過，知道我不是清高，只是性格有些孤僻，酥肉這小子有一次在喝茫之後，還在他朋友圈子裡宣揚了一下，我是個沒安全感的人，這也讓安宇更不在意我的冷淡。

幾杯酒喝下來，安宇臉上呈現一種病態的紅色，他開口對我說道：「陳大師，你手腕上那串奇楠沉開個價吧，就算分給我一顆都好，價錢真的好說。」

我始終淡淡地微笑，其實心裡已經是在想別的事，最近關於昆侖的一條線索很是靠譜，我在想著，我們是不是真的要考慮開始探尋，展開調查了，可惜父母在，不遠遊——那個地方危險得緊。

而那邊酥肉臉色一沉，已經放下了筷子，虎著臉說道：「安宇，又來了是不是？難道我兄弟還缺你那幾個錢？到了要買貼身東西的份上了？」

「我這不是惹了一身的麻煩，想著買件兒陳大師的東西辟辟邪嗎？而且，你當初給我一介紹陳大師，我就知道是有本事的。為啥？哪個騙子手上會戴一串價值連城的奇楠沉出來行騙？果然，陳大師一出手，就幫我解決了屋裡的桃花煞，不然我就被我那坑人的婆娘害死了。酥肉哥，我不是吹的，其他本事我沒有，我這眼睛還是毒的，一眼就能認出那是貨真價實的上品鶯哥綠啊……」安宇許是酒喝急了，說話也開始沒有顧忌起來，只不過他始終有些垂涎我手上這串沉香。

我好笑地想，要是他知道在幾年前，我曾經在地下洞穴裡直接點燃了半顆，不知道會不會心疼得跳起來。

酥肉聽安宇有些口無遮攔了，連忙咳嗽了兩聲，安宇一下子反應過來，從隨身的手提包裡拿出一疊錢，塞在了身邊那個女學生手裡，說道：「去嘛，去春天商場買幾件衣服，我這邊要談些正事兒。買完了，就去××酒店等著我。」

那女學生接過錢，很是聽話地就走了，酥肉待那女學生走遠以後，呸了一聲，說道：「去年，你婆娘叫人在你屋裡給你擺了個桃花煞的陣，差點把你坑死，你還沒接受教訓是不是？這又和女學生糾纏不清了？」

安宇不以為意地端起酒杯喝了一大口，然後才說道：「怕啥子？陳大師不是幫我破了那個陣嗎？破了之後，我立刻就順利了，和那兩個女人也算乾淨地撇清了關係，身體也好一些了。在這之後，你以為我沒注意？我是仔細研究了道家的因果，然後我就領悟了，因果就好比買賣，我要買什麼，我就付出什麼，錢貨兩清，也就不沾因果了，而且我也行善啊，你看我對貧困山區一捐就是幾十萬，我很懂啊！陳大師，我跟你說，我現在都告訴那些學生妹妹，不要對我動感情，我也不動感情，大家就是乾乾淨淨地算清楚，互相陪陪，你放心好了。」

我微微笑著，點了一枝菸，這算什麼歪理邪說的因果？不過，我曾經勸過他，他能聽進去就聽，不能也就算了，自己的命，自己的因果，總是要自己面對自己承擔的，我能幫他化解一次，不能幫他化解一輩子。

而酥肉早就不耐煩了，直接把他酒杯拿了，說道：「別扯淡了，說正事兒吧。」

一提這一茬，安宇的臉色立刻就變了，也不管不顧這是在酒店了，凳子一拉，就要給我跪下，嘴裡直嚷著：「陳大師，你救命啊。」

我救命？什麼事情那麼嚴重來著？

第三章　瑣事

飯局結束後，我開著車送酥肉回家，在那個年代，酒駕倒不是管得很厲害，酥肉悠閒地坐在我旁邊，翹個二郎腿，叼個牙籤，對我說道：「安宇那事兒挺嚴重的，你有把握嗎？」

「現在還不好判斷情況，總是要看過再說吧。」我微微皺眉，然後說道。

安宇出事的地方是他公司所在的寫字樓，以前安宇一直都是租的寫字樓，財大氣粗以後，就乾脆買了一個寫字樓，也算是一種變相的投資，卻沒想到那個新的寫字樓怪事不斷，弄得沒有員工敢加班了。

這寫字樓還花費了安宇不少的資金，現在事情一傳開，賣也賣不出去，其他的樓層也租不出去，簡直成了安宇的心病，而且不知道是不是因為這個寫字樓，弄得他公司的業務也很不順利，他覺得自己的生意就快栽在這寫字樓上了。

所以，他一見我就喊救命，失敗的婚姻，也沒有兒女，親戚都是看著他的錢，家裡除了父母，這生意就是安宇唯一的心理依賴，如果沒了，他說他自己也活不下去了。

但他說得籠統，因為他自己都不敢在那寫字樓多待，所以沒有遇見什麼，只是道聽塗說，各種不對勁兒，我一時也判斷不出來情況。

另外，如果寫字樓沒有問題，是他命該如此，那我也沒有辦法。

見我不能肯定是什麼情況，酥肉一口吐掉了牙籤，然後對我說道：「三娃兒，老安我可知道，這事兒要搞不定，他的錢一大半都爛在這寫字樓，加上公司生意也不順，他還真能去尋死。」

「如果是他命裡該有大起大落，我是不會插手的。但我儘量吧！總之，我也會勸他，尋死可不是個好辦法，罪孽很重的。」我一邊開車一邊說道。

「我×，不是吧？自己的命都不能做主，自殺罪孽還重啊？」酥肉咋咋呼呼地說道。

「生，老，病，死。是老天考驗人的四個關卡，每一個都要去經歷、面對，大福之人或許能避過病，但這樣的人少之又少。尋死，是不能面對生的關卡，也變相的是不能面對死的關卡，因為沒有去經歷那種順其自然的死亡過程。這是逆天道的事兒，你覺得罪孽重不重呢？」我給酥肉解釋了一次，輕易自殺的人，往往需要大念力去超渡，否則真真是罪孽纏身。

酥肉歎息了一聲，說了一句：「行了，咱們別說他了，去我家吧。春燕剛才知道我們喝了酒，熬了一鍋稀飯，說是讓你也去。」

「我就不去了。」說到這裡的時候，酥肉家已經到了，我一個剎車，把車停在了路邊，然後才說道：「等一下，我要去接如月，她今晚的飛機到這邊。」

酥肉從我衣兜裡摸出一枝菸點上了，然後有些擔心地望著我說道：「這次沁淮那小子有沒有跟她一起來？」

我也點上了一枝菸，靠在車椅上說道：「沒有，這次是如月一個人，她來這邊說是談一個項目，我去接她而已。」

「哎，三娃兒，這如月的心思你還不知道？這沁淮也……你們三個到底啥時候才成家立業？如月一口一個終生不嫁，忙事業，傻子都知道她的心思在你身上，而沁淮這小子，不停地換女朋友，說是享受人生，但這一腔心思誰又不知道在如月身上？這事兒，難道要這樣糾纏一輩子嗎？」酥肉有些憤憤不平地說道。

其實他是在為我們擔心。

我吐了一口菸，沉默了很久，其實這是我一直不願意去想的事情，過了很久，我才說道：「隨緣吧。」

「隨緣？你和如雪呢？就這樣下去？以前你說過一年見如雪一次，可是哪一年冬天，你不去月堰苗寨待上一個月？而如雪偶爾也會來這裡找你！你說你們奇不奇怪？除了肉體關係，你們就是他媽一對聚多離少的夫妻了，卻一定要堅守著，這真是他媽我一個凡夫俗子不能理解的。」酥肉罵道，頓了一下，他嫌不夠過癮一樣，呸了一聲，說道：「乾脆結婚吧，去外國結婚，然後你們在外國是兩口子，到中國法律上還不一定承認什麼的，也不算違背了規矩。不然，你就傻等到如雪不是蠱女了，然後？」

我微微皺眉，然後笑罵了一句：「滾你的肉體關係，就這樣吧，隨緣，我師傅和凌青奶奶不就這樣過了一輩子嗎？」

「你還真有種，真行！真捨得不給你爸媽一個念想。」酥肉扔了菸蒂，對我比了一個大拇指。

我懶得再說，直接從駕駛位推開酥肉那邊的車門，對酥肉說了句：「滾下車吧。這世界上人口的繁衍，可不是我一個人的責任，大不了你多生一個，彌補我的缺憾就行了。」

「你去問你爸媽願意不？」酥肉摸了一塊口香糖出來嚼著，然後很是憤怒地對我說道。

「什麼事情，都不是人願意，就能成的。從我小時候，帶著胎記出來那會兒，就已經註定了，有些事情不是我父母想，我想，就一定可以的。我這一輩子見識了很多，這就是比普通人的人生多出來的一塊兒，那麼失去一些也是正常。」我淡淡地說道。

酥肉指著我，然後無奈地搖了搖手，說了句：「待會兒把如月接到我們家裡來，讓她別去住酒店了啊。我讓春燕準備些吃的，不許說不。」

我點頭，然後酥肉歎息了一聲就下車了。

我關上車門，忍不住皺著眉頭，發了好一會兒的呆，車窗外，是萬家燈火，這燈火的背後，一定很是溫暖吧，可惜那是別人的，與我沒有關係。

若是願意，就可以嗎？師傅，我願意用一輩子來找到你，可是能嗎？人生就是如此，願意的事，往往留下一腔遺憾，可偏偏的，就算遺憾了，願意的事還是願意，你捨不得不願。

「狗日的。」想到這裡，我忽然罵了一句，然後搖下車窗，啟動了車子。

這一次的飛機沒有晚點，我倚著柱子，端著茶杯，遠遠地就看見了如月那風風火火的身影。

這丫頭，現在已經是一個成功的女強人了，她的生意我不太懂，反正有關於鮮花啊，植物啊，總之做得挺順利，她說她是在為她們寨子賺錢。

很有默契的，在我看見如月的時候，這個丫頭也看見了，很是興奮地拉著行李箱就衝我奔過來了。

見到我第一句話，她就沒好話。

「你說你端個紙杯的咖啡，然後倚著柱子，還可以說是裝深沉，裝小資。你怎麼端個不銹鋼茶杯倚在這裡啊？跟個老大爺似的。」

我摸了摸臉，然後對如月說道：「老大爺？我用得著裝嗎？我本來就是啊。」

如月翻了一個白眼，然後伸出手來在我面前晃。

我不懂，詫異地說道：「什麼啊？」

「兔子腦袋啊，嗯，四川話怎麼說來著，兔腦殼兒啊，這是這裡的特產，你都沒準備給我，你真沒良心。」如月不滿地說道。

我無語地歎息了一聲，然後說道：「沒有的話，妳要怎樣？又下蠱來整我？」

「我才懶得，你以為蠱的材料那麼好弄到，用在你身上是浪費。」如月不屑地對我說道，我順便把如月的行李放上了車。

車上，如月對我說道：「三哥哥，明天有空嗎？陪我去選兩件衣服。」

我最頭疼逛街，不過好在我已經有了強大的藉口，說道：「明天不行，明天有個單子要做。」

「什麼單子，有趣嗎？我去看看？」如月忽然對我說道。

我很淡定，直接回了如月一句：「不行。」

第四章 詭樓

我把如月接到了酥肉家裡，反正他們家房子大，省得如月去住酒店。

劉春燕是極賢慧的，我們到了酥肉家時，一桌子上已經擺了好幾個家常小菜，正是熱氣騰騰的時候，難為劉春燕挺著個大肚子都要親自為我們下廚，真的非常賢慧。

酥肉見我帶著如月一進來，就迎了過來，嚷著：「你們得給錢吃飯，我媳婦兒親自下廚的，保姆要做都不讓。」

我從口袋裡摸出一塊錢，塞酥肉手裡，說道：「不用找了。」

如月更直接，手一晃，一隻小蜘蛛就在手上了，她望著酥肉說道：「這可是花飛飛的後代，拿去懂的人手裡，千金不換呢，你要不要？」

酥肉用我剛才給的那一塊錢，擦了擦額頭上的汗，連連擺手，說道：「不要了，不要了！開什麼玩笑，我酥肉好歹也是一個老闆，一頓飯再咋也請得起的，這不能開玩笑嗎？」

說完，酥肉把那沾滿他汗漬的一塊錢又塞我手裡來了，我望著呵呵一樂，隨手又揣進了褲兜，一塊錢也是錢啊。

劉春燕倒是習慣我們這樣扯淡了，笑呵呵地招呼著我們坐下了，酥肉沒有告訴劉春燕太多當年的往事，有些事情是絕對不能洩密的，但關於我和如月的身份，倒是多少說了一下，這種事情也隱瞞不了。

所以，對如月忽然弄出一隻蜘蛛，劉春燕倒也不是很在意，況且，從農村裡走出來的孩子誰還怕蜘蛛？除了我這種奇葩。

一頓飯，吃得很是開心，家常小菜也不見得就比銀杏酒樓的差了，吃飯吃一個心情，如果可以，我願意用所有的錢，再去換一次竹林小築和師傅一起的晚餐，可惜這世界上，有人覺得錢能買到一切，而有人覺得金錢不能換來的簡直太多。

心境不同，眼光不同罷了。

吃過晚飯，我待了一會兒，就回去了，如月在酥肉家倒也習慣，只是看我離去，她欲言又止地想說什麼，終究沒有說。

酥肉送我出門，在上車的時候，他特別跟我說道：「三娃兒，安宇的事兒，你看什麼時候出手，你知道，我來這裡，在商業圈子裡第一個接觸的就是他，他沒坑我，反而拉了我一把。人品我不待見，但我也不想眼看著他真的走到絕路，你看……？」

我啟動了車子，對酥肉說道：「明天我就去吧，不過按照他所說的，白天是看不出什麼的，畢竟他一個公司的人在那兒，而且周圍也不是什麼荒涼的地方，還能壓得住，傍晚，我傍晚就去。」

酥肉扶著我的車窗說道：「我也要去。」

我一下子愣住了，問道：「你也去？為啥？」

「這錢賺多了，覺得沒意思了，反倒懷念起和你們一起冒險的日子了。有你在，我怕個毛線（我怕個屁），我要去。現在這日子過得，真的，無聊啊，要不是你不願意，我還真想拉你再去擺一次地攤呢。」酥肉說話間，又從我衣兜裡摸了一枝菸。

我淡淡一笑，說道：「明天我來接你，要情況不對，你隨時都要滾蛋啊。」

「收到。」酥肉哈哈大笑，他沒想到我真能同意。

第二天的傍晚，我開著車在酥肉公司的樓下等著酥肉，車上除了我，還有安宇，他縮在副駕駛的位置上，一邊發抖一邊跟我說著話：「陳大師……」

「承一。」我覺得與人第一次接觸可以說是萍水相逢，第二次就算半個熟人了，我有必要糾正一下他。

安宇是個很會來事兒的人，他和人接觸，不會引起人的任何不愉悅感，他趕緊改口說道：「承一，真的，難為你今天就肯去，情況已經越來越嚴重了，你知道嗎？我們公司有一個辦公室的人在午休時，全部都被鬼迷了，今天下午好幾個人跟我辭職啊，有一個還是我高薪聘請的菁英啊。」

我輕輕揚了揚眉，然後從車子的後座上拿了一瓶礦泉水，打開蓋子後，遞給了他，說道：「不用太擔心，我會盡力的。」

安宇咕咚咕咚喝了兩口水，說道：「哎，承一，你是不知道，酥肉一開始不肯幫我，怕打擾你，我也不是沒有另外想過辦法，請了好幾個道士，做了好幾場法事都沒用，還越鬧越嚴重，這得把人給禍害死啊。」

慌了。

我在一旁帶著微笑，聽著安宇訴說著，覺得自己臉都有些僵硬，可是我不笑，他怕是越發地還是一樣的情況，我不能判斷安宇那棟寫字樓究竟怎麼了，畢竟也不完全是鬼物才能引起人們的這些反應，風水，氣場，甚至是有些隱晦的「坑人」陣法，都會引起這種反應。

而當事人安宇自己又沒有切身體會過，我一時半會兒還真難判斷情況，也只得儘量安撫著安宇，聽他絮絮叨叨地說著。

好在酥肉很快就下來了，一下來就咋咋呼呼地把安宇攆去了車後座，然後他自己大大咧咧地坐到了副駕駛。

安宇一見酥肉，很驚奇地說道：「我說承一在這裡幹嘛呢，原來是要等你啊，難道不是要去我那邊嗎？」

「是要去啊，你看看我耿直不？為了你的事兒，都親自出馬了。」酥肉大言不慚地說道。

「你也是個道士？」安宇一副不解的樣子。

酥肉神神祕祕地說道：「你猜對了。」

我懶得理他們扯淡，直接發動了車子，可是走到了半路，安宇改變主意了，他一直懇求我：「承一，要不，我就不去了吧？」

「承一，你看你和酥肉兩道士，我去了反倒是添亂。」

「承一啊……」

我不勝其煩，乾脆把車子停在了路邊，酥肉忙不迭地下車，然後拉開了車門，把安宇直接

「拎」了下來，罵道：「看你那慫樣兒，還是你自己的公司呢，回女人肚皮上去吧。」

安宇倒也不惱，笑呵呵地把公司的鑰匙全部交給了我。

可是，這時，我和酥肉都不知道，自己做了一件錯事，那就是半路上把安宇放下了車，以至於這事情弄到了很複雜的程度。

這個城市的交通狀況並不好，我開了將近一個小時的車，才開到了安宇那棟寫字樓，在車上我不禁說道：「這怕是三環以外了，安宇怎麼把寫字樓弄在這兒？」

「三娃兒，這你就不懂了，你別看這一片現在不怎麼樣，但也絕對不是什麼荒涼的地方，就是以前的城鄉結合處罷了，但是根據各種情況來判斷，這裡以後絕對會發展起來，到時候的利潤，哎，說這些你也不懂。總之，你也別以為他是這裡頂級的富豪，總之以他的財力，想在好一點兒的地段，市中心弄個什麼寫字樓是沒辦法的。這裡不錯了。」酥肉給我解釋道。

我的確是不懂，找個地方，把車子停好以後，拿了一點簡單的法器，還有一點兒別的東西就和酥肉下了車。

安宇的寫字樓還是很明顯的，我和酥肉很快就找到了這裡，酥肉在一旁不停地跟我說著這棟樓有多麼詭異，所以連地下停車場都沒有開放，怕出事兒。

要知道，這種建在地下的停車場人們總是覺得挺恐怖的，就像小時候，總是以為黑暗的地方會藏著鬼一樣。

我一路聽酥肉訴說著，一路就走進了這棟寫字樓，在寫字樓有一個門衛，是一個老頭兒，看見我和酥肉忽然走到這兒來，不由得很是好奇地看了我們幾眼，並不放行。

「這裡沒人了，你們來這裡做什麼？」這老頭兒警覺性還挺高。

酥肉想說點什麼，卻被我一把拉在了身後，我看了看錶，現在不過下午六點四十，整棟樓就沒人了？

於是我問道：「現在時間還早，咋就沒人了？難道沒人加班嗎？」

那老頭兒不屑地哼了一聲，說道：「傻子才在這裡加班。」

第五章　這裡有鬼

聽聞老頭兒的話，我來了興趣，其實不要把道士想得多神奇，有些事情跟員警破案似的，總是要收集各方面的線索，才能找到事情的關鍵。

天眼確實是很有用，先不說不是所有的道士都會開天眼，就是開了天眼，也最多是看到這裡氣場不對，沒有找到關鍵的地方，你也是看不見靈體的。

天眼要到了更高深的境界，才能穿透重重的阻隔，就比如可以拋開現實的物體，如牆體什麼的，看到本質的氣場和能量。

我自問還沒有那個功力，更何況這是一棟高達二十幾層的寫字樓，沒有線索，我莫非要一間間地找起？靈體的思維還在，它若存心躲我，那我費的功夫就大了。

所以，這老頭兒是我的第一個突破口，我必須和他聊聊。

想著，我從衣兜裡摸出了一包菸，遞給了那老頭兒，這些年，菸癮越發的大，身上總是放著兩包菸，何況今天要在這裡守夜，我特別多帶了一包，沒想到那麼快就派上用場了。

可不想那老頭兒立場還挺堅定，見我遞過菸，看也不看，就給我塞回來了，他說道：「無功不受祿，萬一這寫字樓丟了東西，我可付不起責，你們走吧，跑這兒來幹嘛呢？」

酥肉無語了，敢情把我們當成來踩點兒的小偷了嗎？

他直接拿出手機撥通了安宇的電話，然後說了兩句，就把手機遞給了那看門的老頭兒，那老頭兒有些疑惑地接過了手機，估計在想，這年頭小偷也能用手機了嗎？

畢竟九九年時，手機雖說不算什麼奢侈品，也不是人人都能用得起的。

也不知道安宇在電話那邊跟那老頭兒說了什麼，總之當他把手機還給酥肉的時候，已經是很恭敬的樣子了，可這不是我要的，我還是把菸塞給了那老頭兒，說道：「你也別客氣，說實話，我們來就是要解決這寫字樓的事兒的。所以，你知道什麼，儘管跟我們說說，不管你知道的事兒是不是太玄，我們都相信的。」

那老頭兒遲疑了一陣子，估計是太過珍惜這份工作，最終說道：「那進來說吧，這棟大樓這一片兒，就屬我這門崗亭最清淨了，外面站著也不清淨。」

我仔細感覺了一下，倒也沒覺得這外面怎麼樣，但還是依言和酥肉一起擠進了這門外的崗亭。

崗亭不大，三個大男人擠在裡面，顯得很是擁擠，可是也沒人在意，老頭兒打開我遞給他那包菸，點上了一枝，然後才對我們說道：「別不信就我這兒清淨，沒有金剛鑽，哪兒敢攬瓷器活兒？這方圓十里，怕是除了我，沒人敢為這棟大樓守夜。」

我笑咪咪地抿了一口茶，問道：「大爺，你姓什麼？為啥說這方圓十里就你一個人敢來守夜呢？」

「我姓常，常水成，今年都六十了，要不是小兒子在讀大學，需要錢，我也不想幹這個活兒，一般人要幹，早嚇死在這裡了。十幾年前，這一片兒吧還是個村子，我就是這個村子土生土長的人，要說為啥我敢一個人來守夜？那是因為我爺爺以前是個道士，我多多少少懂得一些忌諱，而且我爺爺還留下了一點兒東西，也是這點兒東西保我一夜安寧啊。」那老頭兒慢慢地說道。

酥肉聽了，對我擠眉弄眼的，意思是我遇上了同行了。

我不動聲色，只是問道：「常大爺，你爺爺是很厲害、很出名的道士嗎？」

「也不厲害，也不出名，就是為鄉親們做點兒法事之類的。但我爺爺年輕的時候，遇見過一個道士，教了他點兒東西，應付一下平常的法事，還有一些小事兒是夠了，那道士還送了我爺爺一個神像，我帶這裡來了，這才是保我平安的關鍵啊。」顯然，我的一包菸起了作用，這常老頭兒連這種往事都跟我說了。

我站起來，四處望了一下，然後才對常老頭兒說道：「那你這神像可以給我看看嗎？」

神像一般都是要供起來的，我很奇怪這個崗亭沒有供什麼神像，所以就好奇地問了一句。

那常老頭兒也不囉嗦，很直接地從脖子上拽出一根繩子，然後繩子上吊著的不就是一個神像嗎？我在經過常老頭兒允許後，把這神像拿在了手裡。

現在這個年代，戴觀音戴佛的人很多，戴著道家神像的人倒是很少了，按說道家的神仙很多，各自的領域也不同，要是擺完整的法壇，那神仙能擺好幾排，而普通人一般也就知道三清。

這老頭兒的神像是木製的，不出意料，也是三清中的道德天尊，也就是太上老君，本身沒有什麼特別，可我一眼就看出來，這木頭神像個人雕刻的風格太明顯，如果我判斷沒錯，應該是當年常老頭兒爺爺遇見的道士自己雕的吧。

閉上眼睛去感覺，還是能感覺到神像上附著的能量，是一股溫和的個人能量，也就是個人的功力附著於上，只是已經非常非常的稀薄了。

說白了，這就是一個經過了道家之人開光的神像，也算是掛飾，和我想像的附有一絲神靈意志的神像倒是相去甚遠。

把玩了一下，我把神像還給了常老頭兒，道家之物開光不易，但若論辟邪效果，卻是最厲害不過的，看來這常老頭兒確實是靠這神像，才能平安無事。

一個神像，已經讓我心裡有了一絲計較，要知道道家開光之物要經過常年溫養，可不是一場法事就能真正開光的，一旦開光，那靈力絕對是深入地附著於開光之物身上，如果沒有消耗，那是幾百年都不會散去，可這常老頭兒的神像嘛……

如果我猜測得不錯，這神像的開光之力就是在這寫字樓被消耗的，不過這還需要證實。

我問：「老爺子，以前沒遇見過什麼怪事兒吧？」

「能遇見啥？我戴著這個，夜裡過墳地都不怕。這一輩子最怪的事兒都在這裡了。」那常老頭兒吸了一口菸、

酥肉很是積極地問道：「你詳細說說唄，你知道我們就是來解決這事兒的。」

那常老頭兒用懷疑的眼光看了一眼我和酥肉，估計是想著我們太年輕了，不過他又不是老闆，也管不了那麼多，沉默了一陣兒，他把菸蒂一掐，說道：「你們實在要聽，我講一下也無妨，按說，我在這裡是不應該議論『它們』的，一般議論了就會被纏上，我這也是豁出去了，仗

著有祖上的神像……」

這常老頭兒囉哩囉嗦的就是不說，酥肉這人精哪能不懂，趕緊從包裡拿出五百塊，塞到那老頭兒的手裡，說道：「老爺子，你就放心說吧，這錢拿著，就當故事費了。」

那常老頭兒收了錢，這下也不囉嗦了，非常開門見山地就對我和酥肉說了：「這寫字樓有鬼，我敢肯定！而且是厲害的鬼，白天不是都議論著不安寧嗎？我這守夜的人是更有體會，是真的有鬼，我就遇到過。」

常老頭兒說到了這裡的時候，外面莫名其妙起了一陣兒風，把院子裡僅有的幾棵樹吹得「嘩嘩」作響，酥肉怎麼著也算見識過的人，遇見這也有些受不了，一下子就抓住了我的胳膊。

而我，一下子就站了起來，對著窗外，大吼了一聲：「滾！」

我這一喊，連常老頭兒都被嚇住了，縮了縮脖子，可是我能不喊嗎？雖然此時我沒有開天眼，但我靈覺強大，有時特別能感受到，或者就是常人說的「看」見，我分明看見一個嬰兒趴在了窗戶上。

第六章　接二連三的怪事

在我的一聲大吼之下，那個趴在窗口的嬰兒如同霧氣組成的一般，竟然被我的吼聲震碎了，在我看來，這其實並不是我把它震碎了，而是氣場對氣場的壓制。

一個普通人在憤怒、毫無懼意的情況下，也可以做到同樣的事情，至少在一個畏懼的人，和一個毫不畏懼的人中，更容易中招的顯然是畏懼的人。

我的一聲大吼，連外面的風也詭異地停止了，不再吹得樹葉簌簌作響，小小的門衛崗亭氣氛有些壓抑，過了很久酥肉才問我：「三娃兒，到底是咋回事兒？你吼啥啊？」

我皺著眉頭，一時間也不好回答酥肉，因為不對勁兒，我一開始判斷是嬰靈，但是充滿怨氣的嬰靈一般都是跟在「債主」身邊，也就是母親身邊，極少數的會跟在父親那裡，怎麼可能單獨出現在一棟除了門衛沒人的寫字樓？

而且嬰靈是不可能那麼簡單地被震碎離去的，因為它的特點就是糾纏，而且因為是嬰兒的原因，它很少產生畏懼的情緒，反倒是瘋了一般地要發洩怨氣。

在我一吼之下，按照它的特性，應該會再聚攏才對，沒有道理是忽然就風平浪靜的，看來一切都要調查了以後才能判斷。

酥肉見我不回答，更加著急了，喃喃地說著：「明明我和三娃兒的組合那麼無敵，為啥我倆一組合，就要遇見厲害的東西呢？難道是老天看不下去我比三娃兒長得可愛？」

我無語地看了酥肉一眼，然後推開窗戶，仔細地探查了一番，復又坐下，然後端起茶杯抿了一口茶，才平靜地說道：「剛才我看走眼了，好像有隻野貓兒過路，你們可能沒注意。」

這也不怪我撒謊，事實上如果人產生了畏懼情緒，那絕對就處於下風了，我不能讓酥肉和常老頭兒產生畏懼的情緒，乾脆輕描淡寫地遮掩了過去。

常老頭兒長吁了一口氣，說道：「在這裡可不能一驚一乍地嚇人，真的嚇死人的。」

至於酥肉，也不疑有他，畢竟我們以前冒險時，我沒騙過他。

「說說你在這樓看見的事兒，或者感覺到的不對勁兒吧，常大爺。」我淡淡地說道，隱約覺得這裡恐怕不是那麼簡單，但願今晚的守夜真能發現什麼，不然就算是我，也得累死在這兒，換我師傅來也是一樣。

道士或者不怕鬼物，自然有各種處理的方式，怕就怕找不到源頭的事件，如果不能從源頭解決的話，累也能把你累死，而情況或者還會越來越糟糕，最好的結果不過也就是你能獨善其身，該遭殃的人依然遭殃。

「那好，我就說說吧。」常大爺這一次非常的乾脆。

＊　＊　＊

說起來，這裡在沒開發以前就是一個普通的城鄉結合部，原本所在的位置屬於「先鋒村」，常大爺也就是先鋒村的一位普通村民，日子也過得平凡而普通。

這棟寫字樓的所在，在以前是一片田地，非常的普通，根本不是外面傳言的那樣，是一片墳地或者是什麼山神廟之類的，就是田地。

常大爺異常肯定地說道。

幾年前，隨著城市化進程的加快，先鋒村也被開發了，這棟寫字樓是去年才開始動工的，在動工期間也沒有出現什麼死傷工人或者不對勁兒的地方。

常大爺就是當地人，對一切自然是非常的熟悉，跟我說起來，語氣也是異常肯定。

他的說法和安宇的說法不謀而合，安宇自然不是買下整棟寫字樓，而是先弄到地，才修建寫字樓，他也告訴我，在修建期間，並沒有任何異常的事情發生。

寫字樓在竣工以後，很快就開始使用，首先搬遷過來的就是安宇的公司，接著還有好些公司租用了安宇的寫字樓，這寫字樓一開始人還是多的，還是熱鬧的，夜裡也常常有人加班呢。

那時候，常大爺還不是寫字樓的門衛，這種工作在當地村民的眼裡是肥缺，又不用做啥，每個月還有千把塊拿，哪裡輪得到他一個老大爺？

可是這樣的熱鬧持續了一個月多以後，就嘎然而止了，連門衛也紛紛辭職。

「這些事兒，我不敢肯定，都是聽到一些說法，我可以把這些說法說給你聽。在這寫字樓吧，首先是一個上夜班的姑娘出事兒了，具體發生些啥，我也不知道，總之聽人們說，是第二天上班，一個清潔工發現她縮在走廊盡頭的一個角落裡，整個人都不正常啦，叫也沒反應，喊也沒反應，後來還是她家人來了，她爸使勁給了一個耳光，才哭出來，回去就大病一場……這是第一件事兒。」常大爺開始對我娓娓道來。

從這件事情以後，這棟大樓就接二連三地發生怪事，什麼有人走樓梯明明就好好的，忽然就摔了下去啊，什麼上廁所，在旁邊聽見有個嬰兒在哭，大著膽子推開門啥也沒有啊，什麼有人在中午的時候，看見一個女人走來走去啊，仔細一看沒有腳啊，再認真一看就沒人了……

聽常大爺的講述，我感覺這個寫字樓怎麼跟個鬼窩似的？這種情況當然會有，但一般都會出現在荒墳地或者亂葬崗之類的地方，這種地方一般是不會開發民用樓或者商用樓的，這種地方一般會有人氣或者煞氣比較重的建築來鎮，就比如說學校、司法部門，或者警察局。

那怎麼會是鬼窩？我有些百思不得其解。

說到這裡，常大爺又講了一件事兒，他說原本這些零零散散的小事兒，雖然嚇人，倒也不足以讓這些公司的老闆搬遷，畢竟這涉及到毀約之類的一筆錢。

可再後來出了一件事兒，差點弄出了人命，才讓這寫字樓變得冷清起來，就只剩下安宇一個人的公司在這裡。

說起這件事情，也是發生在一個女人身上，她與平常人有一些不同，那就是她是一個懷孕的女人。

一般由於家庭的經濟情況，很多女人在懷孕初期還是會上班的，這個女人就是這樣的情況。

「怎麼要鬧出人命的？」我很嚴肅地問道，好像抓住了一點兒什麼。

「嗨，那女人自從懷孕以來，一到公司就不對勁兒，按照我聽說的吧，就是常常看見不乾淨的東西。可她家裡好像情況不怎麼好吧，她沒聽大家的勸，還是堅持著上班，說是大家在這公司遇見的怪事兒都不少，也不是就她特別。她頂多不加班就是了！就這樣過了十來天，那女人有一天中午在辦公室午休，忽然就哭了……」常大爺不緊不慢地說道。

酥肉很是緊張地問道：「她哭什麼呢？」

「她哭著說，有個渾身是血的嬰兒在她旁邊，對她說不要她生孩子，她還說那個嬰兒說完後，使勁兒往她肚子裡面鑽……」常大爺這樣說道。

酥肉一下子打了一個抖，然後說道：「狗日的，想著都覺得嚇人，還疼……」

「為啥疼？」我有些不解。

「有東西往你肚子裡面鑽，你不疼？嘖……嘖……」酥肉一邊說，一邊吸著涼氣兒，彷彿這個時候就有東西鑽他肚子裡面似的。

我說道：「那也不會疼，因為氣場不可能給人造成物理上的感覺，頂多就是心理上的感覺。」

常大爺不懂什麼物理、心理，反正聽我一說，他就忙不迭地說道：「對，對，對，就是這個道理，那女人吧，醒來了，哭是哭，然後有好心的女同事就問她肚子疼不疼，她也說不疼，下午有同事陪她去檢查吧，也沒啥問題。」

「她還繼續上班沒有？」我問道。

「有，她檢查了沒事兒，也還繼續上班啊，這女娃娃真是想不通啊，這錢是找（賺）得完的嗎？」常大爺有些感慨。

我不緊不慢地放下杯子，然後說道：「所以就差點鬧出人命了，她是不是忽然就流產，而且是大出血那種？」

常大爺一愣，有些不敢相信地望著我，說道：「你是咋知道的？」

第七章　常大爺的遭遇

我沒有回答常大爺，其實這個道理是很簡單的，陽身之所以叫陽身，當然是指它蘊含了大量的陽氣，生氣、血氣都是一種陽氣的泛泛表現。

懷孕，說簡單點兒，是一個孕育陽身的過程，自然是需要大量的陽氣，從古至今，為什麼孕婦需要大量地進補？為什麼最好不要有帶著陰性氣場的負面情緒？這都是一個聚陽的過程！

在這個過程中，做得越好，胎兒的先天也就越足，身體也就越好，如果說母親的營養不足，或者在懷孕期間負面情緒太多，胎兒自然就會先天不足。

從常大爺的講述中，我自然就能判斷這個女人一定會流產，且不說她長期處於一個充滿負面氣場的環境（寫字樓），就說信號已經那麼明顯，充滿了戾氣的陰性靈體就已經往她肚子裡鑽了，她還不知道退避，自然就會流產。

而從這件事情上，也讓我感覺這個寫字樓越來越棘手，一般孕婦是鬼物不敢惹的，為何？肚子裡在聚陽，鬼物怎麼可能不退避？這個寫字樓的惡靈竟然連孕婦也敢惹，真是厲害。

模糊中，我只抓住了一點兒有用的線索，那就是這裡的怪事說到底還是和嬰兒有關，這說起來是鬼物的一個特徵，針對性特別強，它們往往針對的事情多是自己的遺憾和怨氣所在，你也可以理解為嫉妒。

只有沒有得以出生的嬰兒才會嫉妒那些可以順利出生的嬰兒，不是嗎？

常大爺見我沒有回答，自顧自地說道：「那可真是讓人害怕的一件事兒啊，流產也就罷了，是在辦公室裡忽然就流產的，坐著坐著，那個女人下身就出了一大片血，還是旁邊的同事發現的。那個女人當時跟傻了一樣，還沒反應……接著，哎……總之是送到醫院之時，孩子自然是沒保住，大人還有點兒運氣，醫院及時給輸血了，就那件事情以後，人們聯想起什麼鬼嬰兒往肚子裡面鑽，都不敢待這裡了，公司也就紛紛搬遷了。」

酥肉感慨道：「也是，以前嚇人吧，至少沒出什麼大事兒，從樓梯上摔一下吧，頂多也就是個傷，這裡面的傢伙都傷人了，還有殺人了，自然沒人敢待了啊。」

「陰氣怨氣太重，不僅傷了胎兒，也傷了那個女人，它的氣場影響到了那個女人，身體的陽氣不足，自然就會流失，大出血的原因就是這個，不要忘了血氣足也是陽氣的一種表現，陽氣弱，也就關不住血氣……」我儘量平靜地說道，可是心裡卻很是不平靜，毫無顧忌地害人的鬼物，絕對是大兇的鬼物，因為它們做好了魂飛魄散的準備，也就敢害沒有冤仇的普通人。

這也就是所謂光腳的不怕穿鞋的，沒有顧忌和底限的任何事物都是可怕的。

可怎麼會這樣？一棟地理位置沒有問題，修建時候沒有問題的寫字樓怎麼可能這樣？難道是風水的問題？如果風水問題嚴重到如此地步，從動工開始一定就會有所表現。

因為大起或者大落的風水在這世間是不多的，也就只有這種比較極端的風水，才會在短時間內有那麼強烈的作用，普通的風水作用都是緩慢而平和的。

所以，從這一點兒上來看，也不是風水的問題。

我陷入了深深的沉思，而酥肉和常大爺被我那一段什麼陽氣啊，流血啊之類的話給鎮住了，半天也回不過神來。

就這樣沉默了半天，我對常大爺說道：「講講你的經歷吧，特別是夜裡的經歷，詳細地說。」

說完這個，我轉頭對酥肉說道：「你回去吧，這裡的事情可能不是那麼簡單，你就不要摻和了。」

酥肉不幹了，說道：「三娃兒，你可別小看我，想當年，那餓……」

我趕緊咳嗽了兩聲，然後瞪了酥肉一眼，酥肉趕緊說道：「那餓死了，對，你快餓死了，都是我想辦法解決的，那黑燈瞎火的，我去偷幾個土豆給你吃容易嗎？那大晚上的，老子可有怕過？」

我無奈了，我什麼時候快餓死了，你怎麼不說你快要餓死了？我不好在常大爺面前和酥肉爭執什麼，只能聽酥肉瞎扯。

酥肉扯完了，常大爺也開始講述起他的經歷來了。

自從這棟寫字樓出了那個女人的流產事件以後，不僅公司的人搬走了，連門衛也不願意幹了，短短一個星期之內，整棟寫字樓只剩下安宇的公司和一個門衛。

留下的那個門崗原本也是要走的，安宇承諾他不用守夜，他才勉強留下。

可是一棟寫字樓不能沒有守夜的門衛啊，畢竟裡面還有公司存在，很多辦公設備還是值錢的，讓安宇感慨著年頭又要防小偷還要防鬼。

他開始招聘門衛，可是招聘啟事貼出去了好幾天，根本就沒人來應聘，這片地兒的人哪個沒有聽說這寫字樓不對勁兒，原本就不知情的人來應聘，聽這一片兒的人一議論，都紛紛不幹了。

安宇是個商人，他相信錢的力量，相信重賞之下必有勇夫，於是他把工資提高了不少。

這個時候，常老頭兒出現了，說起來常老頭兒確實困難，三個兒子都在上大學，大兒子、二兒子勉強還能供著，小兒子又考上了大學，也就意味著，他需要一筆新的收入。

原本，常老頭兒是個謹慎的人，有命拿沒命花的錢他是不會要的，可是聯想到爺爺曾經教過他一些東西，外加有一個護身的神像，他就來應聘了，安宇很是高興，當場就聘用了他。

上班了幾天，一開始白天是沒有什麼事兒的，晚上常大爺也覺得還好，除了整棟大樓有些陰森森的，也沒什麼特別的事情發生。

因為這棟寫字樓的特殊情況，安宇特別允許常大爺不用巡視整個寫字樓，就是他公司所在的樓層，常大爺必須盯著點兒，有什麼動靜要第一時間去查探。

其實這個情況也沒辦法去巡樓，畢竟晚上守夜的也只有常大爺一個人。

常大爺的遭遇就發生在他上班的第五天夜裡，那一天是夜裡八點鐘的樣子，常大爺照例在門崗亭看著電視，但那一天估計是晚飯吃得太油膩的關係，常大爺總感覺肚子有些不舒服。

說實話，常大爺是不想去那棟寫字樓上廁所的，他膽子還沒有大到可以無視那些詭異的事兒，可是你說小便吧，能隨便找個地方解決，這拉肚子可以嗎？

去附近的公廁吧？又太遠了，在骨子裡常大爺是個負責任的人，這一來一回得花半個小時以上，這崗亭不就沒人了？自己還拿著別人不低的薪水呢。

但肚子實在是難受，一陣一陣地絞痛，彷彿是在催促著常大爺快點兒去上廁所，常大爺望了一眼十米開外的寫字樓，黑沉沉的，看著是那麼的讓人覺得沒有安全感。

可又摸了摸脖子上的神像，他一咬牙，心想怕什麼，我爺爺還是個道士呢，雖說他也沒遇見過什麼真正的鬼，可忌諱辦法總是知道的，所以常大爺決定就去寫字樓上廁所。

快步走進了寫字樓，剛一踏進大門，常大爺就打了一個寒顫，也不知道為啥，這樓裡就是特別冷，這種冷很是明顯，人在沒有心理準備的情況下進來，準能起一身雞皮疙瘩。

當時還是早春，天氣原本就不暖和，常大爺緊了緊衣領，開始大聲地哼著歌，走進了這棟寫字樓。

這是爺爺告訴的忌諱，一定不能怕，怕了鬼就能感覺到你，然後就找上門來了，實在覺得心裡不對勁兒，那就使勁轉移注意力。

常大爺用的就是這招。

第八章　跟我玩吧

一路唱著歌，常大爺倒真的不怕了，一路走著，進入了寫字樓。

寫字樓每一層都有廁所，可是安宇為了節約用電，只在他們公司所在的樓層開著走廊燈和廁所燈。

雖說已經不是那麼害怕了，常大爺還是不敢走去那黑乎乎的走廊，更別提在完全黑暗的情況下上廁所了，所以他還是決定去二樓。

安宇的公司占了兩個樓層，在二樓和三樓，常大爺還感慨幸好不在十幾樓，他可不敢坐電梯。

越是封閉安靜的空間，就越讓人沒安全感，在恐怖的環境下，電梯給人的感覺就是如此。

常大爺打著手電筒，找到了安全入口，望著那黑乎乎的樓梯間，他吞了一口唾沫，然後大著膽子上去了，人有三急，他也沒辦法，只是決定以後值夜班之前，絕對要把肚子解決乾淨再說，不然就買個痰盂放門崗亭。

樓梯間裡很安靜，「咚咚咚」回響的只有常大爺的腳步聲，他很快爬上了二樓，只是在走出樓梯間的時候，他恍惚聽見樓上有人下樓似的。

但他決定不要去深究，傻子才會去深究這腳步聲的來源，常大爺只當自己沒聽見，他也看電影，一向認為電影裡那些撞到鬼的主角是自找的，因為他們一定要去把事情弄個明白，比如找一下聲音的來源什麼的，不是自找的是什麼。

二樓的走廊有燈光，這光明總算讓常大爺的心平靜了一點兒，人總是需要光亮才會有安全感，只是走在走廊裡，那原本應該明亮溫暖的日光燈，總讓常大爺覺得有些扭曲、昏沉沉的樣子。

明明周圍都很安靜，明明沒有遇見什麼，常大爺就是起了一層雞皮疙瘩，在內心有一種強烈的不適感，就像有什麼東西跟在自己背後走路一樣。

可是常大爺沒有回頭，反倒是貌似輕鬆地吹起了口哨，越在這種時候越不能在意，這只是基本的常識。

男廁在走廊的盡頭，走了將近一分鐘，常大爺終於走到了這裡，他很是大大咧咧地推開了廁所門，畢竟不能自己嚇自己，隨著廁所門「吱呀」一聲被推開，一陣冷風撲面而來。

儘管常大爺一再地給自己鼓勁，但在這個時候還是忍不住打了個哆嗦，他的第一個反應就是開罵：「搞啥子嘛？冷颼颼的，哪個狗日的不關窗戶嘛，上個廁所要把人整感冒嗦？」

其實那廁所根本就沒有窗戶，常大爺這樣只是給自己一個開罵的理由，和假裝什麼都不知道。

因為他爺爺給他講過一個道理，遇見鬼吧，就好比碰到會咬人的狗，你不去注意牠，假裝沒看見牠呢，牠也許就相安無事地讓你過路了。

你要是非得盯著牠，或者露出了一點點膽怯，牠說不定就會攻擊你呢。所以第一你得兇點兒，第二你得無視它。

聽到這裡，我不得不說常大爺的爺爺還是有見識的，基本上就是那麼一個道理，有時不小心撞到了，這就是最好的處理辦法。

狗這種生物很神奇，牠基本上能嗅到你的怯意，就算你的臉再平靜，牠都能，而鬼也是一樣。

如果你真的忍不住自己的膽怯，不如就找個理由讓自己發火，火氣一上來了，氣勢也就上來了，反倒能平安無事。

當然，一邊發火一邊無視是最好的辦法，就如常大爺的處理方式，畢竟你可以發火，但是過頭了就是挑釁，普通人在沒有辦法自保的情況下，最好就把握這個程度。

果然，在常大爺怒氣沖沖，絮絮叨叨地罵了一陣後，廁所沒有再吹冷風了，至少從心理感覺上不那麼冷了，而且燈光也明亮了許多。

常大爺是這樣形容的：「我也不知道是不是心理感覺，反正一開始，我總覺得那個燈光不清楚，像有一層很薄的霧氣啥的籠罩著，後來罵了之後，霧氣就散開了的感覺。」

我在心裡苦笑，如果真的化為了霧氣，這棟大樓就慘了，陰氣化形，那是老村長級別的存在了，那就不是我一個人能收拾的了。

不過，這還真不是常大爺的錯覺，這感覺反倒是正常的，就如普通人走到一個充滿了陰性氣場的地方，總覺得所見景物都是霧濛濛的，以為是昏暗什麼的，這是一個道理。

一般，遇見那樣的地方趕緊離開，就算你沒有撞到什麼，但免不了回去會生一場小病或者倒點兒小楣。

而酥肉聽到這裡就問道：「然後就沒事兒了？你就跑了？」

常大爺白了酥肉一眼，說道：「我能跑嗎？先不說一跑我估計就得拉褲子上了，就說這個時候跑，那鬼肯定就會纏上我了，它肯定知道我是假囂張，真害怕。沒事兒了？如果真沒事兒了，這點兒小事值得我拿出來說嗎？」

於是，酥肉閉了嘴，我們繼續聽常大爺說。

在罵過以後，常大爺拉開一個廁所門進去了，這裡的廁所是現在常見那種小間封閉式的廁所，在這種情況下，其實好也不好。

好的地方在於廁所門一關，你當什麼也沒看見。

不好的地方在於，這畢竟是封閉的空間，總是有很大的心理壓力。

在糾結了一秒之後，常大爺還是選擇關上門拉吧，他其實心底有一個不太敢細想的想法，那就是他怕埋頭拉著拉著，面前就出現一雙腳什麼的，眼不見心不煩！

所以，常大爺關上了門，然後把心底這個才冒頭的想法狠狠壓住了，這種讓自己越想越怕的事兒最好別想。

蹲下後，常大爺感覺好了一點兒，心裡也安靜了一些，可好景不長，也就不到半分鐘的樣子，廁所的大門開始響了，就跟風吹動似的，不停的，輕聲的「嘭」「嘭」，伴隨著小聲的「吱呀」「吱呀」的聲音。

常大爺心裡一「咯噔」，剛才那隨口罵的話，他心裡清楚得很，這廁所根本就沒有窗戶，這風是哪裡來的？

鬼不是實物，按理說不能造成物理影響，但它自身氣場是陰屬性的，而我們的世間是陽間，陰陽相碰，總會產生不一樣的反應，所以常常說的起陰風不是沒有道理。

我在一旁聽著，心中也清楚，這寫字樓裡的東西太兇，常大爺沒有嚇住它，它終於還是找上門來了。

果然，過了一會兒門不響了，但常大爺的隔壁開始不正常了，那種隔離的廁所，中間不過是一張板子，常大爺分明清楚地聽到有人，不，不知道是什麼玩意兒，在輕輕地撓那張板子。

若有似無的，你仔細聽聲音就沒有，你一不在意，那聲音又出現了，簡直是在折磨人。

常大爺終於有些害怕了，關於這棟寫字樓的種種傳聞湧上心頭，他真想提起褲子就跑，但這顯然不現實，因為誰蹲坑蹲一半能提起褲子就跑啊？

可這樣下去，會不會出人命啊？常大爺想起了那個公司流產大出血的女人，很怕明天報紙上就有一個新聞，門衛慘死廁所，疑似心臟病發。

這老爺子，想像力還挺豐富。

可這種時候，怕的就是想像力豐富！面對這種情況，常大爺只能裝不知道，拚命地拉，想快點解決了，跑出這個廁所，偏偏就在這種時候，又出了一件事兒。

「絕對不是我的錯覺，有東西在我脖子上吹了一口氣，我當時整個人就僵硬了，我想回頭去看，可又不敢回頭去看，可是過了一小會兒，又有東西在我脖子上吹了口氣兒。」常大爺是這樣描述的。

這種事情最是無奈，你這種感覺明明是很確定的，可是去跟人說吧，別人會以為你扯淡，怕是只有身在其中的人才能體會到。

在這種時候，常大爺還是選擇無視，沒有辦法啊，不然能怎樣？單挑嗎？

可是常大爺越是忍讓，情況就越糟糕，最讓他難忘的一幕發生了，在他身後忽然響起一個聲音：「跟我玩吧。」

第九章 很麻煩

全身在那瞬間如同過電一般地汗毛立起，這就是常大爺當時的感覺。

那個聲音是如此的清晰，卻又不清晰，清晰的是它確實就是在腦中一字一句地響起的，不清晰的是，它傳入耳中猶如幻覺，讓人覺得是真的聽見了嗎？

可無論如何現在的情況已經很分明，你可以懷疑自己的耳朵，但你不能懷疑自己的大腦，誰會沒事兒，在廁所裡蹲著，腦子裡忽然就想到一個小孩兒說跟我玩吧？

那聲音說是小孩兒，也不完全是，常大爺形容不出來，就說那聲音細聲細氣的，比小孩兒還小孩兒。

在這一句話過後，那隔壁板子上撓撓抓抓的聲音就更明顯了，就好像是真的有什麼東西要衝過來，跟自己玩一樣。

這下常大爺再也忍不住了，「嘩」的一聲扯開領子，就拿出了那個神像，然後開始破口大罵：「咋回事兒呢？是不是讓人解個手（上廁所）都不安生？要咋樣？老子是不怕的？誰不讓老子安心解手，老子也拚了命讓他不安生！」

那一刻，常大爺是真的火了，越罵就越來氣，也就是在這一刻，他彷彿忘記了自己是在廁所，忘記了那恐怖的一幕幕，只想著要拚命了。

也不知道是他罵的原因，還是手裡神像的原因，總之這一通折騰下來，他總算順利地解決了排泄問題，在這兒他哪兒還敢多待，匆忙地擦了幾下屁股，提起褲子就跑了。

原本事情到這裡就該完結了，常大爺卻說道：「活該是我犯賤，握著我的神像跑出來了之後，我好像聽見那細聲細氣的聲音在身後笑，我就回頭看了一眼，你們兩個娃娃，先說，你們相信我不？」

是看見了什麼？還要這麼鄭重其事地問我們。

其實再詭異的事情我都見過了，對他的話我只是在不停地判斷情況，根本不存在不相信的問題，至於酥肉他的見識又會少嗎？面對他的問題，我們的回答是肯定的。

常老頭兒得到了肯定的回答，長吁了一口氣，說道：「也難為你們了，其實我自己也不是很相信，有時想起來吧，我也會問自己真的看見了嗎？可是如果不是真的看見了，我腦子裡又怎麼會有那樣的景象？」

「什麼景象？」我問道。

「我就是回頭看了一眼那廁所，我發現廁所門開著一個縫，然後我看見一個孩子，是嬰兒吧，露半邊臉看著我。」說到這裡，常大爺打了個顫，這樣的回憶怕是回憶起來都很恐怖，也很痛苦。

聽到這裡，酥肉也跟著常大爺打了冷顫。

常大爺接著說道：「其實我當時跑得很快，也就只是回頭看了一眼，我當時沒多想，就是想著快點跑回來，回來以後吧，我就反覆地想，到底是不是幻覺啊？但不管是不是吧，總之在之後我也就沒事兒了，就是那晚上我跑出來以後，也不知道是不是寫字樓竄進去了野貓，反反覆覆叫了一晚上！」

「野貓？」我揉了揉眉頭，心中基本上有個大概的猜想了。

從常大爺那裡出來，我沒有急著進寫字樓，而是帶著酥肉回到了車上，我說是有工具要拿。酥肉一路興奮地跟著我，因為我在，這小子就沒怎麼害怕過，一直嚷著：「這次是個厲害的傢伙，不厲害就沒意思了，三兩下就完了。」

我一路應付著是啊，是啊，然後讓酥肉先上車，接著我一上車，就啟動了車子。

「咋了？三娃兒，是大傢伙，所以你要回去拿工具嗎？」酥肉這小子傻呼呼地問道。

「沒，就是送你回家。」我不相信酥肉還能跳車。

酥肉一聽，趕緊來搶我的方向盤，吼道：「看著有點兒刺激的事情了，你竟然要把我弄回去。」

我鬆開方向盤，問酥肉：「你想咱倆一起出車禍的話，繼續。」

酥肉不敢弄了，趕緊讓我好好開車，我一邊開車一邊對酥肉說：「那棟寫字樓有些危險，我一個人還好，但是那麼大一棟寫字樓，我不能擔保你不出事的。」

「咋說？」酥肉從我衣兜裡摸出一枝菸，點燃了之後問我，我們畢竟不是當年了，酥肉也不至於衝動地非去不可，他還是能靜下來聽我的解釋。

「因為那棟樓應該是有人故意佈局，而且裡面不止一個，懂嗎？如果我找不出源頭，根本就談不上解決問題。我基本上可以肯定那棟樓裡作怪的是充滿怨氣的嬰靈，這種東西是最可怕的，因為怨氣非常重，而且不知輕重，不怕因果，而這棟樓裡不止一個嬰靈，是一群，你懂嗎？」我一邊開車一邊對酥肉說道。

他孩子就要出生了，我絕對不能讓酥肉冒任何的險。

「你說嬰靈，可怎麼還有人看見女鬼？」酥肉問道。

「現在這情況很難說，我必須實地去查到底是個什麼局，具體怎麼破，有些局，你在沒找出具體的破解辦法時，根本就是無窮無盡的，沒辦法破！你說我還怎麼顧忌得上你？」我對酥肉解釋道。

酥肉有些憤憤不平地說道：「既然如此，你怎麼敢說是一群嬰靈？」

「因為寫字樓有一群貓叫啊，我不是嚇你，以後聽到野貓叫，別以為真的就是野貓。嬰靈有時也能發出那種聲音！」我認真地對酥肉說道。

說起來，這也是嬰靈的神奇之處，它的怨念太重，常常就在啼哭，這種悲傷的啼哭，往往因為某種特殊的原因，能讓很多人都聽見，也可以理解為心靈共振吧。

畢竟就算是道士，也不能搞清楚每一件靈異事件。

「你說得那麼誇張，那天常老頭兒不就沒事兒嗎？罵人誰不會啊，我也會罵啊。」酥肉猶自有些不服氣。

「你以為是他罵的作用？他如果沒有那神像，就栽在裡面了，你知道嗎？而且他待的時間不長，或者沒走到厲害的地方去，如果待的時間長，要走到最厲害的地方，你覺得呢？再說我是要探查整棟樓，你說你去幹嘛？」我必須說服這傢伙，否則他一定會和我糾纏不清。

酥肉不說話了，我知道這小子已經被說服了。

果然，過了半晌，他才對我說道：「那你自己一切小心。」

我笑著說道：「放心吧，我經歷得已經夠多了。」

把酥肉送回家以後，我還是回了一趟自己的家，去拿一些攻擊性的法器，嬰靈這種東西雖然可憐，但是最是糾纏不清，而且也不怎麼接受渡化，在徹底破掉整個局之前，最好的辦法是暫時把它打退。

收拾好一切後，我再次開車來到了這棟寫字樓，在車上，我給安宇打了一個電話，我問他：「你有沒什麼仇人，就是那種恨不得殺了你，和你不死不休那種。」

安宇那邊很嘈雜，一聽就是在夜店，他回道：「不是我吹牛，也許嫉妒我的人，討厭我的人有。但是恨我的人真沒幾個，我不會做那種傻事，把人得罪到不死不休。你要說最恨我的人就是我那婆娘，但她已經拿到了足夠多的錢和我離婚了，她不會再做這種事情了。」

從安宇那裡我沒得到什麼線索，倒是得到一肚子的不平衡，我這邊冒險為你擦屁股，你躲在夜店瀟灑？

我沉默了一會兒，然後說了一句話：「事情比想像的麻煩，要加錢，不然我不接。」

安宇在那邊得瑟地說道：「錢什麼時候是問題了，我……」

而我直接掛斷了電話，因為此刻已經到了寫字樓。

第十章　忽然遭遇

我在寫字樓附近停了車，然後跟常老頭兒招呼了一聲，就要一個人走進這個寫字樓。

常老頭兒叫住我，問道：「小夥子，你咋一個人進這樓了呢？有個伴兒怕是要好些吧？」

我笑著說了一句：「放心吧，我就看看，也許一個人就能解決。」說完，我轉身就要進去，卻不想那常老頭兒趕緊跑出了崗亭，然後一把拉住了我。

他小聲地說道：「小夥兒，如果缺錢的話幹這營生，我也可以理解。有些事情可以糊弄過去，有些事情是鐵板啊，你可別去踢，你說你多年輕，多標緻一個小夥兒啊，犯不著為一些錢弄得自己……」

這位常老頭兒心地倒是很好的，怪不得在這樣的兇地也可以全身而退，吉人自有天相嘛，但讓我苦笑的是，他竟然把我當成江湖騙子了，我還真不好解釋。

估計是前幾個道士的幾場法事給他留下了這樣的印象。

我只能低聲說道：「老爺子，放心吧，我有老師教的，多少還是懂點兒吧，如果不對勁兒，我知道跑的。」

那常老頭兒猶豫了一下，忽然把脖子上的神像給取了下來，就要塞我手裡，說道：「哎，我總不能看著出人命吧，你戴著吧。」

我心裡有些感動了，在越來越冷漠，環境也越來越糟糕的社會，遇見這樣的好人真是不容易，我把神像塞回了常老頭兒的手裡，笑著說道：「真沒事兒，如果我對付不了，這神像也沒用，你就好好在這裡值班吧，我出來還請你抽菸。」

接著，我不等常老頭兒說什麼，轉身快速地走掉了，雖說我沒練成師傅那樣的輕身功夫，火候不夠，但跑起來，一般人確實也追不上。

那常老頭兒追了兩步，沒追上，只得歎息一聲回去了，因為此時我已經走進了寫字樓，而他經歷過了那樣的事情，肯定沒有勇氣再進寫字樓。

一踏進寫字樓，我果然就感覺到了那股陰涼，一樓因為沒有通電的關係，也如常老頭兒所說，黑沉沉的。

這種黑沉由於充滿了陰氣的原因，讓人置身其中一點安全感也沒有，這種黑暗就像是那種要把人吞噬的黑暗，彷彿一走進去，就是萬劫不復的深淵。

但這種程度的環境不至於嚇到我，我站在寫字樓的大門口，閉上眼睛，開始仔細地感覺，這是在感覺氣息的流動，既然是一個局，當然陰氣聚集的地方，比較容易找到線索。

其實這不是什麼很玄的事情，就例如普通人站在一個空曠的地方，感覺哪個方向比較冷，哪個方向的陰氣也就比較重。

當然，具體的也不是那麼簡單，需要長年累月地去感覺、體會。

閉眼感覺了一會兒，我沉吟著，有些不解了，這棟寫字樓的氣息流動非常的晦澀不明，四面八方按照我的看法，根本就沒有一個「生」處，也就是陽氣較足的方向，這倒是在給我出難題啊。

其實我並不想在這種地方開天眼，原因很簡單，我不想一開天眼，就看見原本很冷清的地方，忽然就變得非常熱鬧，這個體驗不太愉快，道士也不是傻大膽兒。

既然是如此，我也就只有慢慢找了，我看了一下錶，現在是九點多一些，還不是最佳時間，過了十一點以後再行動吧，有句話說得好，過了十一點，什麼稀奇古怪的玩意兒都出來了，在我看來，只要它一出來，就有線索可以尋找。

這樣想著，我從隨身的背包裡拿出了一個三清鈴別在腰間，然後又從背包裡拿出了一根鞭子。

這鞭子不是打人的鞭子，當然就跟平常的鞭子不一樣，這鞭子是用柳條擰成的，這些柳條也經過了一些處理。

柳條可以打鬼，但普通人不到最後，最好不要這樣做，因為一旦這樣做，那就是徹底地得罪了，畢竟普通人用柳條也不可能打散一個鬼，你要是沒有別的辦法，它估計就纏上你，最少也要讓你倒楣好幾年。

拿出柳鞭以後，我又從背包裡拿出一個茶杯，這裡面可不是茶水，而是符水，是辟邪符燒成灰以後混合在水裡而成的。

水是一樣神奇的東西，通過它，能讓你的法器確確實實地「抽打」到鬼，電視上常常會演道士做法，在桃木劍上噴一口符水就是這樣道理，否則物理屬性的玩意兒對於一種電磁波、氣場般存在的東西有什麼用？

但具體是什麼原理我卻不清楚了。

拿起茶杯，我喝了一口符水，然後噴灑在了柳鞭上，這樣的程度也就差不多了，畢竟今晚我是來找原因的，不是來人鬼大戰的，我不用做得太過火，而師傅自小對我的教育從來也是凡事留一線，能渡則渡。

最後，我再拿出手電筒，就這樣辨認了一下方向，我就一手拿著柳鞭，一手拿著電筒，走到了樓梯間。

在我的心裡有個模糊的方向，那就是這個局面既然是針對安宇的，那麼安宇公司所在也就最能找到線索，我乾脆就去那裡。

安宇公司就在二樓，我也用不著搭電梯。

樓梯間一樣黑沉沉的，黃色的手電筒光在這裡來回晃蕩，其實有些滲人，不過我也無所謂，一邊上樓梯，一邊腦子在盤算另外一件事兒。

就是這個局沒有一點兒正統的手法，可以讓我感覺是出自道家人的手筆，如果是道家人做的，事情倒也好辦，畢竟任何事情都是有一定規律的，道家人的陣法總是要遵循這個規律，我可以依照這個規律，直接找到幾處設陣的陣眼，所以很好辦。

這樣想著，我已經轉彎，踏上了二樓的樓梯，在轉彎的時候，我忽然聽見「噗哧」一聲輕笑的聲音。

這聲音如同似有似無的幻聽，但我知道，我遇見的比常老頭兒早一點兒，誰叫我是這種體質呢，可此時我不想打草驚蛇，輕輕咬著舌尖，若無其事地踏上了樓梯。

一踏上樓梯，果然就感覺到一點兒輕微的眩暈，就像有人忽然推了你一下，或者那一刻大腦空白了一下，我有所防備，當然不會輕易中招，咬了一下舌尖，一下子就恢復了清明。

我心裡很清楚，鬼不可能真的推你，它只能影響你的大腦，讓你產生一種平衡感失控的錯覺，就好像是被人推了一下，然後就不自覺地跌倒了，但事實上，至少在別人眼裡，那一瞬間，你的身體是很穩定的。

我繼續若無其事地往上爬，心裡也在疑惑，這應該不是嬰靈，嬰靈下手可比這個狠多了，這倒像是一般的鬼物整人一般，這裡怎麼又會出現一般的鬼物呢？

看來必須繼續地調查。

也就在我思考的時候，樓梯上終於響起了腳步聲，我這倒楣的體質，在這種環境下，是特別能「招事兒」的，腳步聲也就腳步聲吧，誰還沒聽過腳步聲？

估計是我那真的淡定惹惱了誰，當我爬上二樓的時候，那腳步聲叫一個熱鬧，我不得不搖頭輕歎，這裡的鬼物是在高考嗎？如果不是在高考，咋能把這樓梯弄出這效果。

啥效果？千軍萬馬過獨木橋的效果，那叫一個震耳欲聾。

但我不理會，你就是弄一個千軍萬馬過頭髮絲兒也沒用，我若無其事地走出了樓梯間，只是在跨出安全門，進入有燈光的地方的剎那間，我一下子就感覺到了一股透心的寒冷，後頸窩起了一串的雞皮疙瘩。

這感覺絕對不對，我可不是常老頭兒不敢回頭，我猛地一回頭，看見在安全出口的門框上，那個安全出口的燈牌上趴著一個嬰兒，全身紅彤彤的，宛如剛出生，一張皺巴巴的臉，瞪著有些浮腫的眼睛，就這麼直愣愣地盯著我。

我扣住了柳鞭，這麼忽然就看見它了，說不心驚是假的，果然厲害，在我沒開天眼的情況下，都能影響我到這種地步，那麼清晰地看見它，可不是一般的兇厲，趕李鳳仙也差不了多少了。

第十一章　乾淨的地方

我們只是對峙了一秒，這個小鬼就毫不猶豫地朝我頭頂撲來，這時還能有別的辦法嗎？我只得甩出了柳鞭……

當柳鞭落下時，讓我也覺得不可思議的事情發生了，那個嬰靈竟然被柳鞭一抽就散掉了，這是怎麼回事兒？這讓我聯想起了在門崗時，那個被我一吼就散掉的嬰靈……

我恍然覺得再一次抓住一些什麼，可是又不確定。

但現在我在這走廊上，不知道還有多少危險，這些東西不會殺死人，但是被它趴在你的腦袋上，肩膀上之類的，倒起楣來可不是一兩天就能化解的，畢竟額頭，肩膀都是人的運火所在。不要小看這些倒楣，如果在你運勢低點兒的時候，說不定疊加起來就要了你的命，就如那些莫名其妙出意外死掉的人。

想到這裡，我拿出三清鈴，按照其中一種固定的手法搖動了起來，說起來這種手法是一般道士最常用的手法，也是流傳最廣的，作用只有一個——驅趕。

可以驅走鬼物，也可以把鬼物趕到一個固定的地方。

隨著三清鈴的晃動，整個走廊清明了很多，但這種溫和的方式絕對不是萬能的，至少我在路過廁所的時候，還是感覺一種說不清、道不明的危險氣息。

但是我沒有理會，徑直就走進了安宇的公司，我準備在這裡歇息到十一點以後，再去尋找破解之法。

或許安宇的公司才是整個設局中最兇險的地方，但是沒有辦法，我和師傅一個毛病，絕對是貪舒服的人，除了安宇的公司，其他地方都人去樓空，我總不可能在空蕩蕩的地方傻坐著吧。

拿著安宇給我鑰匙，我進了安宇的公司，裡面黑沉沉的，站在門口，就能聽見一些似有似無的聲音，就像是有人在說話，或者在走動，但仔細一聽，又覺得搞不清楚方向，像是遠處傳來的一般。

這種動靜對於我來說，只是小兒科，我並沒有什麼感覺，唯一覺得在意料之外的，竟然是這裡比走廊外面還稍顯乾淨一點兒，這是什麼道理？難道不是針對安宇的？想來也不可能，針對誰，看誰是最大的受害者就知道。

現在看來那個女工是最大的受害者，但她確實是因為懷孕引起的，算是無妄之災，而且這個寫字樓並沒有因為她的受害而停止，乾淨下來。

所以說，這一切只能是針對安宇的，照這樣的情況下去，安宇的情況絕對比那個女工還慘。可是針對安宇，怎麼安宇的公司反倒清靜呢？我以為我所學甚多，可以判斷一切的情況，現在看來還是差了一點兒。

這樣想著，我按亮了辦公室的燈，果不其然，燈光有些明滅不定，好一會兒才穩定了下來，發出了霧濛濛的燈光。

說起來，也不是辦公室的鬼物故意的，它們自身的氣場的確能影響電磁場什麼的，引起燈光的這種反應，但是單獨的鬼物是不行的，除非是一群鬼物。

也就是說，這個辦公室雖然相對乾淨一些，但也是熱鬧非常啊，如果我有興趣開個天眼，估計也會看見大晚上一群鬼在辦公室加班的場景。

挺幽默的，人在白天上班，鬼就在夜裡上班。

我收起三清鈴，信步走了進去，這裡陰，但是不兇，我沒必要用三清鈴驅趕它們，雖然普通人和它們在一起待久了，會影響自身的運勢和身體，但我這麼多年的功也不是白練的，至少對我的影響很小。

我懶得去想，這些鬼物對我忽然的闖入是個什麼樣的態度，我只是一路走著，一路說道：「各位，我來辦事兒，但不針對你們，大家最好互不影響，我不收你們，你們也別來煩我，哥兒們我累著呢。」

就這樣一路打著招呼，我找了一張看起來稍微顯得寬大乾淨一點兒的辦公桌坐下了，打開了電腦，撥號上網，發現電腦上竟然有「聯眾世界」，於是我進去很乾脆地玩起了俄羅斯方塊。

一邊玩，一邊想，這安宇對員工還不錯啊，配有電腦，還聯網，竟然辦公室裡的電腦還有遊戲玩。

但這是無奈吧，畢竟能在這鬧鬼的寫字樓上班也不容易，不對員工好一些，恐怕這些員工也走光了，想著，我不禁惡趣味地想著，說不定仔細找找，電腦上還能有「紅色警戒」，我今天晚上倒是不寂寞了。

電腦的燈光忽明忽暗，我點上一枝菸，和別人對戰俄羅斯方塊玩得不亦樂乎，至於在螢幕上有時會倒映出幾個若隱若現的人影，我是完全不在意。

估計是它們看我玩遊戲也新鮮吧，都圍了過來，我用屁股想都知道，我身邊現在熱鬧得很，一群「人」圍著我，看我打遊戲呢。

但是自身氣場正，自然是萬邪不侵，人鬼的對峙，就如陰陽氣場的對峙，人怎麼能怕了它們？怕了自身氣場也就弱了，弱了就給了它們趁虛而入的機會。

估計這幾位朋友是找不到什麼機會「逗弄」我，所以才時不時在螢幕上出現一個若有似無的身影，想著嚇嚇我也好。

無奈我不怎麼給面子，完全不在意。

打了一會兒俄羅斯方塊，我發現自己肚子有些餓了，今天下午接安宇，接酥肉，完完全全就忘記了吃晚飯這回事兒，這時才感覺到很餓。

在人鬼對峙時，餓了就必須吃飯，不吃飯沒營養，沒營養也就會血氣不足，會心慌，這樣的後果當然是不好的，我雖然是道士，可也不能不注重這些細節。

咱們吃飽地幹活！

想到這裡，我站了起來，安宇跟我說過，讓我去他辦公室待著，有好酒、好菸就在酒櫃和桌子上放著，而辦公桌裡隨時都有些雜七雜八的吃的，讓我隨便吃，隨便喝，累了還有一間休息室。

本來我一開始是打算去的，可是這大辦公室「乾淨」了一點兒，我自然就依照常識覺得安宇的辦公室一定藏著大兇之物，畢竟這局是針對安宇的，再說鬼也分地盤，不是？就如同在森林中，一個獅群的領地上是不會允許出現別的獅群的，別說獅群，落單的獅子也不行。

所以，我就不想去安宇的辦公室，這個時間我是來休息，來養精蓄銳的，不想好戲還沒開始，我就已經人鬼大戰三百回合了。

可是再大的事兒，大不過肚子餓，想了想裡面可能有大傢伙，我從隨身的布包裡摸出了一件兒東西——天皇尺。

這是我師傅比較愛用的一件法器，因為比較慈悲，這法器除了驅邪很厲害以外，還有一定的渡化作用，最重要的是它有鎮三壇的作用，往桌子上那麼一放，就可鎮壓全場，非常威風。

但是法器要有作用，少不得溫養很多年，況且還要配合一定的口訣以動用功力才可使用。普通人拿著估計只能當一塊兒桃木製的板磚用。

收起柳鞭，拿著天皇尺，我關掉了電腦，對著身後揮手道：「散了，散了，都別看了，一邊兒玩去啊。」

然後我就徑直朝著安宇的辦公室走去，在行路間，我就已經默念起口訣，手執天皇尺，一身的功力也隨著存思朝天皇尺湧去，畢竟只是鎮場子，不是打鬼，我的功力倒還算綽綽有餘，若是打鬼，我動用這天皇尺，支撐不了幾下。

帶著小心翼翼的心理，我拿著鑰匙打開了安宇辦公室的大門，不得不小心，萬一那個大傢伙就趴在門上，我這一開門，它就撲過來了，我驅逐起來也非常麻煩，它再厲害點兒，說不定還會和我搶一下身體的控制權，萬一我這道士被鬼上身了，那就太幽默了。

但事實上，直到我按亮燈，在安宇的辦公室裡坐下以後，都沒有任何詭異的事情發生，他的辦公室和外面的大辦公室對比簡直明顯得過分。

怎麼說呢，就像陽間和陰間的對比！

安宇的辦公室自然就是陽間，乾淨得不能再乾淨了，這又是怎麼一回事兒？我越來越迷茫了。

第十二章　鬼開會與擠公車

不得不說，安宇的辦公室是個好地方，我在裡面啃了幾塊牛肉，吃了一包餅乾外加一碗泡麵以後，分外地滿足。

看看時間，還有一個小時左右，我又隨便在安宇的酒櫃裡找了找，沒有白酒，就隨便倒了一杯紅酒給自己，然後叼著他的大中華，打開他的電腦，不一會兒就陷入了一個叫李逍遙的人的傳奇故事中。

沒想到安宇這小子電腦裡還裝著「仙劍」，竟然還愛好仙劍，我以為他唯一的愛好就是女人。

一邊玩著仙劍，我一邊覺得這樣的自己很熟悉，為什麼那麼熟悉？我仔細地思考著這個問題，才發現，隨著歲月的流逝，我怎麼一切行為都越來越像我師傅了。

當年我師傅走到哪裡不是要大吃大喝，好好享受一番才開始幹活？我小時候曾經深深地鄙視過師傅這沒風度的作風，沒想到我長大了，原來也是一樣的。

潛移默化真可怕，想著，我出了一頭的冷汗。

時間悄悄地流逝，轉眼還差五分鐘就到十一點了，看來安宇的公司並不是什麼突破口，我站起來伸了個懶腰，很光棍地把天皇尺別在了皮帶上，褲兜裡裝著三清鈴，手裡拿著一根柳鞭，然後跟二流子似的就出發了。

「要什麼形象，咱們這一脈不講那一套，隨手能拿到，方便就好了，你再說我像流氓，我就抽你。」這是師傅對我的深刻教育，我一直銘記在心。

有個什麼樣形象的師傅，當然就有個什麼樣形象的徒弟。

這一次出去我也懶得搖三清鈴，怕的就是關鍵的傢伙不找上門來，我大剌剌地出去，卻發現大辦公室分外安靜，走廊上也是一片安靜。

這是怎麼回事兒，暴風雨前的寧靜嗎？我也懶得去想，隨著瞭解越深入，我越來越覺得這佈局之人的手法不正統，越是這樣不正統，反而越是無跡可尋，他不是用我們道家的手法，但我也直覺不是南洋的手法。

雖說南洋的手法我瞭解的有限，但多少還是知道一些，他這跟南洋的手法不太相似。

確切地說，南洋的手法一般見效很快，而且作用很大，也可以說是結果特別「狠」，不會像這般溫吞吞的，如溫水煮青蛙一樣，如果不是那個女人恰好懷孕了，出現的也就是一般的小事兒。

怕也就怕這一點兒，不到一定的時候，關鍵的東西不會顯露出效果，說不定為了引出關鍵的東西，我還得用一點兒手段。

這樣想著，我來到了電梯，由於我給安宇打過招呼，所以這棟寫字樓在今天晚上沒有像以前那樣，過了十點，電梯就不運行了，安宇給我特別留了一座在運行中的電梯。

當電梯到達二樓時，時間已經指向了十一點，確切地說，已經是十一點過二分了，但周圍還是出奇地安靜，特別地「乾淨」，連瀰漫在走廊的陰氣都已經淡化了許多，這種奇特的情形讓我有些不安。

我踏進了電梯，可能是福至心靈，我忽然想起一個問題，朝廁所方向看了一眼，卻一下子發現一個問題，在廁所門那裡，周圍的方圓一米特別的「髒」，那裡陰氣聚集，以至於看在眼睛裡都有些起霧而朦朧的感覺了。

我一下子跑出了電梯，衝向了廁所，我發誓我絕對不是拉肚子，而是我忽然想到了一個有些匪夷所思的可能，就是那些鬼全部躲在了廁所！

在風水上來說，廁所一般是修在兇位，也許建築師不懂具體的風水，但是廁所修在一棟建築裡的位置是比較有講究的，這種講究其實暗合了風水學，也許它的位置不是準確地在兇位上，但也相差不遠，這是一種很奇妙的傳承。

那時候的建築還比較講良心，不像現在的某些樓，什麼亂七八糟的戶型都有，完全不遵循特定的方法。

一般廁所在兇位，有用污穢鎮邪的意思在裡面，但一旦鎮不住，卻是「好兄弟」們最愛待的地方，因為兇位比較陰暗，陰性氣場也比較重，它們待著舒服，躲在裡面也有安全感。

所以，我想到了這個奇怪的可能，這一樓層的鬼物全部躲在了廁所裡，它們在躲什麼？這個沒有任何規律的局，看來只有從它們身上才能找到突破口。

思考間，我已經衝進了廁所，一進去，全身就充滿了強烈的不適感，這就是我苦逼的地方，人們都躲著的地方，我偏偏要衝過去，找線索。

護身的法子不是沒有，可是我不能用，因為一用很有可能就被視為挑釁，那我還怎麼要線索？

我只能調動全身的功力，握緊雙拳，讓氣息流動起來，帶動血氣，讓自身的氣場瞬間強勢起來，「好兄弟」不講感情的，陰陽原本就是相反的，它的氣場影響到你，是必然的。

站在廁所的門口，我深吸了一口氣，下一刻，我終於打開了天眼，這是多麼有勇氣的行為啊。雖說我不怕鬼，但是見的鬼確實不算多，這一下很可能就看見一群鬼蹲在廁所裡開會的場景，我這不是勇敢是什麼？所以，我必須深吸一口氣。

天眼一開，首先映入我眼簾的就是一團一團或灰色，或黑色的氣團，它們的分布沒有規矩，但那場面足以讓人震撼，密密麻麻地佈滿了廁所。

天花板上、地上，我身旁……要知道它們不存在物理上的身體，自然也有沒有了什麼引力限制或者物理限制，當然也就可以到處飄著。

再下一刻，隨著天眼的逐漸清晰，這些氣團開始變成了一個個人的形象，要說恐怖，其實也挺恐怖的，畢竟沒有生氣，沒有血色，形體也不甚清晰的「人」，誰看著不瘆得慌？可要說把我嚇住了，也不可能。

就當我擠上了一輛公車唄，那公車不就這樣嗎？人擠人，你就看見密密麻麻的腦袋，外加一張張面無表情的臉。

鬼有一種敏感的觸覺，當你看見它的時候，它就會注意到你，這下挺好，我終於在廁所裡，過了一次當偶像的癮，那叫一個萬千矚目啊！連眼神都不帶轉的！

看見鬼，和同鬼交流完全是兩回事兒，你說話它能聽見，或者說不是聽見，只是感覺到你的情緒和意識，但是它如果不是特意針對你，想對你表達什麼的話，你是聽不見它說什麼的。

在這種時候，人只能處於一種半昏迷的狀態，才能和它們交流，這個程度很難把握，也很難做到。

就如一個鬼想找你幫忙，你一般都是在半睡半醒之間，處於朦朧的狀態才可能看得見，聽得見，卻偏偏看不清晰，聽不清楚，事後甚至很難想起它說了些什麼。

這也是有原因的，因為你自己是被動的交流，甚至有些抗拒！但也足以說明陰陽的界限有多深。

但這又怎麼難得倒我？我是誰，我師傅的徒弟啊，在下一刻，我乾脆坐在了廁所的門口……接著，我掏出紅繩，開始在自己的脈門上綁結，這個結相當於鎖陽結的升級版，叫做閉陽結，就是把陽氣閉於全身，而不是鎖住讓它不再流動，也不再和外界的陽氣相接。

那種是關門封閉，這種是只進不出。

但這個繩結也有和鎖陽結同樣的效果，那就是讓人的生機和陽氣在外界看來，漸漸地消弱，是一種守住肉身，靈魂半出竅的辦法。

其實，我也不知道這是不是屬於靈魂出竅，只是我清楚地知道，一旦綁上這個繩結，結合存思，人就會處於一種半清醒半朦朧的狀態。

鎖陽結是為了淡化自身陽氣，方便鬼上身，或者不要衝撞到脆弱的靈魂。

這種閉陽結就是為了同鬼交流。

我不懂為什麼整個人在外界看來淡化了生機和陽氣，就比較容易做到這種出竅狀態的原理，但是我懂這是最有效的辦法。

第十三章 鬼窩形成的理由

綁完了閉陽結，閉上眼睛盤坐，我很快就陷入了一種奇妙的狀態，那是一種似睡非睡，感覺自己好像站起來，實際上卻沒有站起來的狀態。

就好像小時候我媽催我起床，我明明沒有起床，卻在意識中我好像已經快穿好了衣服，然後又猛然回神，原來我眼睛都沒有睜開的狀態。

這種感覺太奇妙，只能意會而不能言傳，我也只能儘量去形容這一種感覺。

在這種恍恍惚惚間，我聽見了很多的人聲，想儘量聽清楚卻聽不清楚，在這種情況下，必須要主動交流才行。

另外，讓我又好氣又好笑的是，看我貌似生機全無的樣子，有些「好兄弟」不停地圍繞著我的身體，看那樣子是非常想趁虛而入的，要知道鬼都渴望是人的感覺，但是鬼上身，哪怕是上普通人的身，對它自己都是一件損耗很大的事情，具體的可以理解為陰陽相斥，但是陽氣虛弱，生機虛弱的身體，它們卻是想趁虛而入了。

可是在閉陽結之下，身體裡面蘊含的陽氣其實驚人，畢竟是只進不出，它們怎麼可能有這個機會？

而我也要抓緊時間辦事兒才好，陽氣只進不出，我的身體也會搞出問題，人，講究的是陰陽協調，並不是說陽氣越多越好。

想到這裡，我集中了精神，在意識中「逮住」了一個拚命往我身體裡面鑽的老太太。

其實鬼的樣子，那是見仁見智的事情，如果你對鬼的生前並沒有什麼印象，那你腦中浮現的一定是它想讓你看見的樣子，一般不「變態」的鬼，是不會弄得噁心兮兮地來嚇你，就是平常樣子，但那平常樣子因為氣場的原因，也有些陰森森的。

我發誓我不是不禮貌，做為有著正常三觀，出色審美觀的我，確實不能用眼睛看著她說話。

「喂，喂，別鑽了，我在這裡。」我偏著頭，視線落在一處空白的地方對那老太太說道。

這一喊，弄得很多「好兄弟」都紛紛圍了過來，不要以為它們沒有好奇心，它們其實保有很多人類的情緒，也是很「調皮」的。

過了半天，那老太太才從鑽我身體的偉大事業中醒悟，很是無辜地望著我：「你是在叫我？你怎麼能叫到我？」

我知道她要表達的是，我怎麼可能與她交流，但我用眼角餘光看到她那一臉無辜、我不知道的表情還是很無語，我說道：「我是個道士，想要交流當然是有辦法啊。我說妳裝什麼無辜啊，我一的大男人的身體，妳一個老太太鑽進去幹嘛啊？」

她很是慢半拍地「哦」了一聲，然後看了我很久，才忽然一副畏懼的樣子，說道：「你不要收我，也不要欺負我，我是無辜的。」

這時，圍過來的「好兄弟」們，也紛紛退避，一副很怕我的樣子。

其實呢，一般人的靈魂都不會呈遊魂狀態的，這跟入土為安有關係，呈遊魂狀態的「好兄弟」很可憐的，但可憐之鬼必有可恨之處，它們是很無賴的，跟黑社會似的，頗有些欺軟怕硬，但也狡猾，斷然不會因為一句我是道士而退避的。

這讓我有些疑惑，可當我低頭看到自己的時候，一下子就明白了為什麼，原因是因為我是所謂半離體的狀態，而我的靈魂有些特別，我不知道怎麼去訴說這種特別的感覺。

簡單地說，我的靈魂溫養虎魂，和虎魂共生，就好比我靈魂上紋了一個老虎紋身，而且那個老虎紋身還是活的，然後就把它們嚇住了。

這群傢伙，我有些好笑。

於是很是「溫柔」地對那老太太說道：「妳別害怕，我不會對妳咋樣，我就是問你們幾個問題。」

「我為什麼要回答你？有什麼好處嗎？」得，這老太太黑社會本性一下子就露出來。

「有啊，找高僧來渡化你們，這好處夠大嗎？」這句話我是真心說的，畢竟這些遊魂是可憐的，有高僧的念力加持再渡化，對它們來說是最渴望的事情。

「真的？」那老太太一下子驚喜非常了，估計原本它只是打算訛詐我一些貢品什麼的，就是元寶蠟燭香之類的，沒想到我許下了這個好處，不僅是它，好多好兄弟都圍了過來，紛紛叫嚷著，雖然我聽不清楚它們說什麼，但我知道，大概意思就是它們也可以回答我的問題。

十多分鐘以後，我結束了天眼的狀態，然後解開了閉陽結，神色頗為沉重地站了起來，然後揮手對著空蕩蕩的廁所喊了一句：「你們放心吧，我說過會讓人來超渡你們的話一定算數。你們知道道家之人講因果，今天我種了因，許了願，沒有辦到，自然損耗自身運勢，你們纏著我也是天道允許的結果，所以我一定會說話算話的。我只希望你們平日裡，在我解決這件事情之前，就不要和普通人為難了。」

空蕩而陰森的廁所當然不可能給我任何的回應，但我知道它們聽見了。

說完這些話我轉身就走了，可心情依然是沉重的，和它們交流之後，我已經大概弄清楚了這棟大樓是怎麼一回事兒，看來比我想像的麻煩。

走到電梯前，我直接按了去七樓的電梯，這就是我今天要去的第一個地方，我必須每個地方勘察過以後，明天才能具體地把事情解決了。

在電梯裡，我低頭沉思這些鬼告訴我的消息，和我預料的一樣，這些鬼原本只是這一帶的遊魂，其實和人是井水不犯河水的狀態，只要不衝撞到，大家都在這個城市裡相安無事，衝撞到的話，人會倒楣一陣子，鬼也會虛弱一陣子。

說白了，它們就是這樣的存在，每個城市都會有許多，再普通不過。

可是這棟寫字樓正式建成以後，它們就敏感地發現這裡陰氣沖天，同時也怨氣沖天，和人喜歡待在風景優美，陽氣充足的地方一樣，鬼也喜歡待在陰氣沖天的地方，至少那樣，白天的時間它們就不那麼難受，不需要特意地去找一些地方躲著，至於怨氣沖天，它們都是鬼了，怕個屁啊，再說怨氣不是衝著它們來的，對它們的影響很小。

於是這方圓數里的遊魂，越來越多地聚集在這棟寫字樓，把這裡變成了一個名副其實的鬼窩！

而按照它們的說法，原本它們也是想和普通人相安無事的，但是由於人鬼殊途，自身的氣場讓普通人不舒服那也是沒有辦法的事情。

至於它們偶爾會戲弄普通人，其實它們不解釋，我也明白原因，自然是受了那股怨氣的影響，就如你和暴戾的人在一起待久了，自然也會變得暴躁，這就是怨氣雖然對它們影響很小，但是終歸還是有影響的原因。

那最主要的是，怨氣的源頭何來？沖天的陰氣又是怎麼一回事兒？

很簡單，就是有人在這裡放了非常厲害的傢伙，所以就出現沖天的陰氣和怨氣，把這些傢伙鎖在這棟大樓裡，這些陰氣和怨氣就會累積得越深。

在這其中還涉及到一個手法的問題，那就是不管你是走什麼路子來佈置這個局，你是不可能完全不禁錮厲害的傢伙，就把它放出來的。如果是那樣，它根本就不會受你控制，安心地待在你想要的地方，而是會禍害四方的。

所以，你就必須用特殊的方法禁錮它，當然這個禁錮會慢慢變弱，直至那厲害的傢伙完全出來。

但到那種時候，那厲害的傢伙也害了不少人，自身已經背上了極大的因果，會被天道所不容，然後最可能的結局就是魂飛魄散，這個殺局也就完成了。

所以，這棟寫字樓現在沒有出大事，是因為厲害的傢伙還沒有完全擺脫禁錮。

但就算沒有擺脫禁錮，晚上十一點以後，它的力量也會大很多，不要以為同是鬼，就會不怕鬼，就如一個小孩子面對一個兇神惡煞的大漢會不害怕嗎？何況還是怨氣沖天的傢伙，一般都是沒有什麼理智和交情可以講的。

以上的原因，就是遊魂過了十一點都會躲起來的緣由，造成了這棟寫字樓在十一點以後反而乾淨的假象。

在和它們的交談中，我知道了這棟寫字樓，這樣厲害的大傢伙有八個，其中第一個，就在我要去的七樓。

但為什麼是八個？我感覺非常的奇怪。

第十四章 叔叔，你要我嗎？

我為什麼會覺得八個奇怪，是因為懂行的人一般在佈局什麼的時候，都不會弄雙數，這是一種隱諱的忌諱，它是七個也好，九個也好，怎麼偏偏就是八個？

難道佈局之人是那種在「野路子」上已經狂奔不回頭的人？然後也就百無禁忌了？

我皺著眉頭，也想不出個所以然來，但心中明白那些鬼物斷然也不會騙我，先不說我許諾了它們超渡，就是它們自己也很想擺脫這裡，設了局，很基本的，那些進來的鬼物就只能被禁錮在這裡了。

不然它們面對那怨氣沖天，比它們想像還要麻煩的傢伙早離開了，哪裡還會每天躲廁所啊。

至於那怨氣沖天的傢伙是什麼，我心裡也已經有數了，就是「強化版」的嬰靈，因為嬰靈基本上是現今社會最容易得到的怨鬼了，在古代倒還頗為不易！

嬰靈容易得到，怨氣又非常的大，施展邪術，不用嬰靈用什麼？

所以，一開始我的迷茫也從中得到了解答，就是那兩個「一碰就碎」的嬰靈，根本就不是真正的嬰靈，具體點兒說，是它們的怨氣所化。

就如在遭遇老村長的怨氣時，靠近村莊的霧氣中，就會有大量怨氣化形的東西，那些不是真正的鬼，只是怨氣所化。

原來如此。

只是，我內心的焦慮在於，這些東西已經能怨氣化形了，甚至能離開寫字樓到門崗來，說明禁錮基本上已經作用不大了，估計對付起來很麻煩，可是這件事我不知道還罷，既然已經深入其中，就算不為安宇的單子，我也必須去化解了，否則一旦脫離禁錮，那絕對是個血流成河的場景。

安宇的公司搬離了也不行，因為那些脫離禁錮的傢伙沒有沾染到足夠的因果，也就是沒有殺到足夠多的人，化解怨氣，是絕對不會消散的，那時，就真的是禍害四方了。

就在我思考間，一聲「叮咚」的聲音，把我拉回了現實，不知不覺中七樓已經到了。

在電梯門打開的一瞬間，一張滿是怨毒的嬰兒臉就出現在了我面前，接著我的雙腿也傳來了很是隱晦的抓撓感，畢竟不是被實際抓住，只是影響大腦所產生的錯覺，所以這種抓撓感很隱晦。

所以，我低頭看去的時候，兩個血糊糊的嬰兒正抓住我的腿。

真的很兇厲，怨氣化形到了這種地步，我歎息了一聲，扣住的柳鞭甩出，這幾個怨氣所化的嬰靈也就散去了，而我也得以走出電梯。

走出了電梯以後，我站在走廊前，就算是見多了大場面，也不禁為眼前所見倒吸了一口涼氣。

滿地的嬰兒，或是哭，或是笑，或是怨毒地盯著你，周圍又不時傳來撕心裂肺的或像是嬰兒哭，或像是野貓發情的叫聲，這些怨氣所化的嬰兒無一不是陰沉怨毒的，很多嬰兒身上還有淋漓的鮮血，讓人一看，就覺得有一種驚心動魄般的怨恨，看多了，怕是人也要陷入瘋狂而偏激的狀態。

我雖不是佛家之人，但也忍不住在心中暗道了一聲罪孽。

一個大活人出現，這些怨氣是不可能無視我的，立刻就纏繞而上，化形出來的也就是這些詭異的嬰兒朝著我撲來，我拿出三清鈴，開始晃動起來。

這一次不可能是用驅趕那麼仁慈的手法，面對怨氣這種東西，不想糾纏，就只能鎮！

所以，這一次我搖動的鈴聲是一種鎮壓之鈴，三清鈴的效果有限，但暫時鎮壓是夠了。

可不得不說，這嬰靈的怨氣真是非常特別，那些被鎮壓的嬰靈怨氣紛紛表現出一種異樣的哀怨，一個個趴在地上，用一雙原本怨毒的眼睛，非常可憐地看著你，彷彿有道不盡的委屈和說不盡的苦處。

嬰兒原本就是純真的代表，他們的眼睛也是世界上最乾淨的眼睛，就算被怨氣遮蓋一樣有打動人心的力量。

我原本是道家之人，不該受這些虛妄的影響，可是我的心就是忍不住顫抖，連手上搖鈴的動作也緩了幾分，壓力一鬆，那些嬰靈瞬間又收回了那種委屈的神情，向我撲來，讓我不得不用柳鞭驅趕。

看來自己的境界終究是差了很多，但這也是沒辦法的事，早在很多年前對師傅說出那句我不放的時候，就已經註定我是一個情劫之人。

就是這樣的情況，讓我心中暗恨自己為什麼是通靈的體質，能看得如此真切，把它們的情緒體會得如此深刻。可讓如此純真的雙眼完全變成了怨毒的雙眼，這犯下之人又是多大的罪孽。

胎兒成形之後，如果可能就不要斷絕他生的希望。

若是無奈，就請在它未成形之前，不能承載靈體的時候，儘快地解決。

一路行來，都是鋪天蓋地的怨氣嬰靈，而我要找的那個原體，始終沒有出現。

在這種情況下，我不得不停在了一個稍微安靜的地方，使用了分心二用之法，一邊搖動三清鈴，一邊開始用手掐算起來。

我這可不是在算命，而是用一種看風水的掐算之法，細說起來非常的複雜，因為五行，天干、地支、飛星、河圖、八卦，甚至二十四山與宅等等口訣，全部要在一隻手上表現出來，是一種非常複雜的複合演算法，一般的道士會用羅盤來替代這種手算，省時省力很多。

我這也是沒辦法，用簡單的辦法找不出源頭，只能站在這裡，用這種辦法來確定出幾個凶位所在。

不論它是怎樣的晦澀難明，源頭總是在凶位的，沒人會把鬼物什麼的放在吉位，那是一種互相消耗。

其實我也可以用開天眼來確定氣息的流動，可惜那種天眼就需要擺上祭壇，踏動步罡，方能把氣息的流動看得分明，這個顯然不現實。

而我個人的天眼還沒有高明到辨氣的程度。

如此倉促之下的定風水，花費了我十來分鐘，才確定了幾個兇位，擺脫了幾個怨氣嬰靈的糾纏後，我朝著其中一個兇位毫不猶豫地走去。

第一個兇位，沒有，只是化形怨氣比其餘地方更多了一些。

第二個兇位，同樣如此。

這層樓，一共就四個兇位，難道是我的方向錯了？哪個野路子連這個規矩也不遵循，完全不按牌理出牌？

我心中沒有多大的把握，但還是走向了第三個兇位。

這一次是一個類似於放清潔工具的儲物間，一走到這裡，我就知道我來對了，因為這裡幾乎沒有幾個化形的怨氣嬰靈，我用柳鞭驅趕之後，這裡乾淨異常。

我輕輕地推開了那間儲物間的門，沒有我想像的一個血腥嬰兒朝我撲來，我只是看見一個穿著一般嬰兒服的身影，背對著我，坐在地上，在嚶嚶地哭泣。

那背影甚至還有些可愛，普通人見到了，說不定就會心生同情和憐惜，衝過去抱住它了。但稍微警覺的人，就會想到一個嬰兒怎麼能穩穩地坐在地上，然後如此幽怨成人化地哭泣。

這樣的場景讓我的心中生出一絲悲哀，讓我悲哀的是它身上那一套嬰兒的服裝，嬰靈都是未得出生之物，怎麼可能會穿著嬰兒服？我說過，如果是對某鬼生前沒有印象，那你「看見」的它的形象，一定就是它希望你看見的形象。

穿著嬰兒服，其實表達的很簡單，它想出生，它想要這樣穿著嬰兒服，享受父母的愛，這種渴望通過這種方式來表達，如何不讓人悲哀？

我走近了它，它同時也停止了哭泣。

它沒有回頭，卻是用一種細聲細氣，類似於小孩兒，但絕對不是小孩兒的聲音對我說道：

「爸爸媽媽不要我了，叔叔，你要我嗎？」

第十五章　再次出發

面對它的問題，我的心一疼，原本放在天皇尺上的手也悄悄鬆了下來，我雖然在心裡一再地告誡自己那是鬼物，會讓很多無辜生命遭受無妄之災的鬼物，可是我沒有辦法拿著天皇尺對它拍下去。

那一刻，我的心很軟，我甚至想著不如找人直接渡化掉它吧，多費一些代價和功夫都可以，但事實上那時的我對渡化的事情懂得不是太多，在沒有從根源上解決問題前，這些嬰靈是不可能渡化的。

就在我沉默的這一刻，那個嬰靈用一種悲傷且無奈的聲音問到我：「叔叔，你也不肯要我，是嗎？」

在這聲音中有無限的悲涼，我差點脫口而出，就說道：「我要你。」了，可在關鍵時候，在我耳畔響起了一聲震天的虎吼，一下子把我吼清醒了。

我的額頭瞬間就佈滿了冷汗，差點兒就著了道，要知道越厲害的鬼物就越能影響人的心靈，如果我脫口而出說要，那就相當於給它一個承諾，它就可以名正言順地纏上我，我卻不能對它下手。

與鬼承諾，是最要緊的一種誓言，萬萬違背不得，違背了就連天道也不會幫你，甚至於給你壓力。

我的清醒只是一瞬間的事情，下一刻，我默念靜心口訣，心緒一下子就平靜了下來，然後我開口說道：「放手吧，我自會找人超渡你，這樣下去只會讓你背上更深的罪孽，這原本不是你的錯，你又何苦這樣？」

那個嬰靈依然沒有轉身，用一種幽幽的口氣對我說道：「叔叔，你知道成人一次多麼不容易嗎？需要等待多久嗎？和那不要我的兩個人需要化解上一世的多少因果啊！你超渡我又怎麼樣？我已經錯過了這一次的機會……」說到這裡，那個嬰靈頓了一下，忽然聲音就開始尖厲起來：「你超渡我，誰知道我下一次還會不會變成人？誰知道下一次還是不是？說到底，你是不是就是不肯要我？」

到最後的時候，那個嬰靈幾乎是厲聲地嘶吼，我一下子拿出了天皇尺，也就在這一瞬間，那個嬰靈忽然就轉身了，那一刻，我的內心開始急劇地跳動起來，我是真的被嚇到了。

因為那一張轉過來的臉是怎麼樣的臉啊，原本應該是很可愛的小臉蛋兒，感覺上像被打碎了拼湊在一起的，某些地方甚至扭曲變形，中間還間雜著血跡，它用那雙已經被怨氣密佈，變成純黑色的眼睛望著我：「叔叔，你是不是不要我，你是不是嫌棄我？我不是這個樣子的，我很可愛的，我好好地待在媽媽的肚子裡，就被那鐵鉗子打碎了，被吸出來，然後就變成了這個樣子，你是不是嫌棄我？」

我手中原本舉著天皇尺，卻遲遲拍不下去，我這一次不是受影響，我就是拍不下去，看來在心性上，我真的是很不合格。

可就在這一刻，那個嬰靈忽然怨毒地一笑，然後猛地就朝我撲了過來，它的動作之快，又是趁我愣神的時候，我根本就來不及躲閃，只是瞬間我就感覺一股陰冷從我的腳底蔓延上來，不受控制地牙齒就開始打顫。

更糟糕的是，我的身體根本動也動不了，完全就是一種麻木而僵硬的狀態，不受自己控制。下一刻，我就看見那個嬰靈爬上了我的肩膀，張著嘴大口地啃噬著我的肩膀，嘴巴裡怨毒而模糊不清地嚷著：「讓你不要我，讓你不要我。」

我當然清楚這只是幻覺，它不能真的啃噬我的身體，它真實啃噬的是我肩頭上的陽火，一旦我的三朵陽火都被啃噬完畢，我絕對會被這嬰靈殺死，這種殺死就是它影響我的行為，讓我做出自我傷害甚至自殺的行為。

可是我心裡知道，如今卻毫無辦法，因為我的身體根本不能動，怪不得師傅常常強調一種世外觀的心態，不能身在其中受其影響，一個嬰靈就這樣讓我著了道，真是……

但我不可能甘心這樣，這個時候拚的就是意志力，我深吸了一口氣，不再去注意那個嬰靈，而是拚命地集中精神，努力地調動起自己的丹田之氣，也就是功力。

終於，順著我大喊了一聲之後，我的身體瞬間就能動了，而順著氣勢的瞬間提升，那個嬰靈一下子就被彈開了。

我顧不得有些冰冷僵硬的身體，下一刻運起口訣，功力湧上天皇尺，狠狠地就朝著嬰靈的頭頂拍了下去，那一刻我不可避免地「接觸」到了它，那是一種寒冷透骨的感覺。

隨著天皇尺的落下，那嬰靈發出了一聲類似於貓的慘叫聲，然後一下子縮了回去，竄到了天花板上，怨毒而狠辣地盯著我。

可我此刻哪裡還會停頓?下一刻，口訣運起，單手開始掐訣，終究還是不夠狠心，我沒有掐動可以讓它魂飛魄散的手訣，而是選擇了相對溫和的鐵叉指，這個手訣以仁為先，主在驅趕，不會一來就把功力傾出，不留餘地。

估計是預感到了我指訣的危險，那個嬰靈竟然怪叫著再次朝我撲來，而瞬間我的鐵叉指也插向了它，停在了它額頭兩寸的地方，只要它再有不軌的行為，這一指我是絕不容情的。

但我一再地仁義，又怎麼能大過它的怨氣，它只是停頓了一下，還是不管不顧地朝著我撞來，這一刻，我也狠狠地叉向了它，只是下意識地保留了三分。

中了我的鐵叉指，那個嬰靈發出了一聲無比淒慘的慘號，然後一下子退去了好幾米，再次抬起頭來已經是萎靡不振。

我從背包裡拿出七星桃木劍，上前一步，運用了一定的功力，行使道家吼功之鎮壓功，對它喝道：「你可接受渡化？」

那個嬰靈無比怨恨地望了我一眼，接著竟然瞬間沒入了牆裡，我一下子有些奇怪，提著桃木劍，走向了那堵牆，然後細細地撫摸感覺起來。

過了一會兒，我心裡已經有了答案，猶豫了一下，終究還是歎息了一聲，師傅從來都告訴我，凡事留一線的解決方式才是最完美的解決方式，趕盡殺絕其實會背負很多因果，也違背了仁。

所以，我決定就換一種比較麻煩的方式吧。

想到這裡，我從隨身的背包裡拿出了一張藍色的符紙，貼在了牆上的某處，這些怕是只有等到天明才能解決。

做完這一切，我轉身就要走的時候，卻感覺到有什麼東西在抓我的腳，我心裡一驚，莫非還有一隻嬰靈？低頭一看，卻什麼也沒看見。

我心中疑惑地運起天眼，再看時發現那也是一個嬰兒的靈體，卻是正常的灰色，它的氣場非常黯淡，隨時都要熄滅的樣子，抓住我的褲腳，怕是費盡了很多的力氣。

我心中一想，忽然就明白它是從哪裡來的了，封魂符我一般出來做事兒都會備著，原本以為這次沒有用了，卻沒想到這裡竟然還派上了用場。

我拿出一張疊成三角形的封魂符說道：「你若願意，就到這裡來，我自然會幫你處理所有的事情，也給你一場超渡。」

我的話剛說完，一陣小小的風從我掌心吹過，我歎息了一聲，收起了那張封魂符，小心地放入了背包，然後轉身走出了這間貯藏室。

出來之後，那原本密佈走廊、鋪天蓋地的怨氣嬰靈已經消失，這裡的氣場發生了一定的改變，可依然陰氣森森，畢竟這棟寫字樓按照鬼物們告訴我的，還有七處地方有待我去解決。

想著，我再次出發，身影消失在了走廊的盡頭……

第十六章 心事

凌晨四點，黎明前的黑暗，我身處在最高的二十一樓，異常疲憊地從背包裡拿出了四張符，這裡是最後一個嬰靈的所在，而我的藍色符籙顯然不夠了，只能用四張黃色的鎮魂符替代，想必也足夠了，畢竟這些嬰靈都異常頑固，一個個都要和我搏到「身受重傷」才肯退卻。

這只是普通的「加強版」嬰靈，我若不被迷惑，對付起來也不是太難，如果是在黑岩苗寨那種，用祕法催生的嬰靈，恐怕我就搞不定了。

但到底有八隻那麼多，最後一隻逼著我動用了符籙配合，才勉強拿下了，可此刻我也已經是疲憊不堪。

鎮壓完最後一隻嬰靈，整棟寫字樓已經清明了不少，明日渡化完普通的靈體，整棟寫字樓也就安全了。當然陰性、讓人不適的氣場還是需要一定的淨化，配合時間才能慢慢地散去，這之後的瑣碎工作，讓安宇請一般的道士來做就行了，畢竟這些常識，那些道士足以應付了。

不過是煮一大鍋艾葉、菖蒲水，灑遍整棟樓，再不放心，用蒼術熏一下就行了。

休息了好一會兒，我才起身坐電梯回到了安宇的辦公室，喝了一點紅酒，算是驅逐一下疲勞，卻再也沒有力氣和心情去玩什麼仙劍，而是打開安宇辦公室裡所謂的休息室，倒頭就睡。

在睡夢中，我老是覺得有一個嬰兒在我的夢裡來回走動，可是我就像是一個旁觀者，很清醒地知道是在做夢，也很自信地覺得不過是一個普通的夢境，我今天晚上和嬰靈接觸太多所導致。

這一覺我睡得昏天暗地，外面的人來上班了我都不知道了，直到安宇這小子來上班，把我推醒了，我才迷迷糊糊地醒來。

他一見我醒來，就小心翼翼地問我：「承一啊，事情怎麼樣？」

我也不知道為什麼，今天看這小子被酒色之氣上浮的臉蛋兒，就特別不順眼，伸了一個懶腰，很是冷淡地說道：「有八處地方有問題，已經一一搞定，但還有一些後續重要的工作要做，錢呢？」

安宇一副放心下來的樣子，嘿嘿一笑，轉身從背包裡拿出了五疊錢給我，一疊錢是一萬，這小子有著一種說不上來的習慣，非常喜歡用現金付帳，貌似他覺得有優越感似的。

我也懶得數，把錢放進背包，說道：「徹底完事兒之後，再加兩萬。」我是懶得跟他解釋，這一個單子用掉了我貯存的所有藍色符籙，要知道以我現在的功力，一年也最多畫出兩張。

我不是一個生意人，不太會談，總是這樣直接說出我的要求，行就行，不行就不行。

安宇倒是很爽快，非常直接地就答應了。

我懶洋洋地站起身來，去了這間休息室的廁所，開始洗漱，一邊洗漱一邊對安宇說道：「今天星期四，星期六那天你來一趟這裡，叫上幾個道人，有點名氣，有點小本事那種就行，你自己還是認識不少的，另外找幾個建築工人來。」

安宇忙不迭地點頭答應著，此時我已經洗漱完畢，背上背包就準備回去了，昨夜一場忙碌，用了我太多的力氣，回去得好好休息一下。

卻不想安宇連忙追了出來，問道：「承一啊，原因是什麼？是不是有人害我？有辦法查嗎？」

我望著安宇說道：「追查起來恐怕就有些困難了，至於原因你到了星期六那天自然就知道了。」

安宇知道我的習慣，想說的會說，不想說的問了也是白問，於是沒有再次追問，而是殷勤地送我出去了。

出門的時候，門崗已經換了一個門衛，我想起了，忽然對安宇說道：「那個晚上守夜的常大爺挺不容易的，如果可以的話，你給他悄悄地加點兒工資吧，你自己看著辦吧。另外，幫我跟他說一句，我一切平安。」

安宇有些莫名其妙，估計在揣測我和常大爺的關係，但嘴上還是很殷勤地答應了，然後一路笑著把我送上了車才離去。

安宇剛剛離去，我還沒有發動車子，酥肉的電話就打來了，我一接起來，酥肉這小子第一句話就是：「咋樣？是什麼原因？搞定沒？」

我懶洋洋地笑著說道：「你就不怕我搞不定，然後一不小心掛在了裡面？」

「呸呸呸，百無禁忌，大吉大利！」酥肉忙忙慌慌地念叨了兩句以後，才說道：「大清早的，你小子找不到話說啊？這點兒小鬼你都搞不定，你還算是姜爺的徒弟嗎？姜爺是啥人？神仙一樣的人啊。」

提起我師傅，我的心情莫名其妙地陰鬱了起來，頓時沒有了講話的興致，沉默了一會兒，我對酥肉說道：「具體情況見面再說吧，累了一晚上，我都不想說話了。」

「好好好，那你別想太多，我先掛了啊。」酥肉在那邊連忙說道，當了那麼多年兄弟，他怎麼可能不瞭解我，他知道我不是什麼累不累的，而是想起了師傅，心情一下子就糟糕了起來。

估計那小子自己會在那邊懊惱，覺得說錯了話吧。

我啟動了車子，莫名其妙地不想回家，而是把車開上了繞城高速，在路上我搖下了車窗，忽然就想吹吹風。

五年的時間，那種思念與擔心真的是很折磨人，其實有很多線索可以尋找，也有很多線索被我們收集起來，只是還沒有刻意地開始去論證和追查這些線索。

只是這一次的單子，讓我耗盡了我的藍色符籙，我心裡有一個想法一直在蠢蠢欲動，或許再沒有一點兒實質性的東西來安慰我，我可能會瘋掉吧，也許我該去一次天津了。

在繞城高速上來回瞎開了一個小時之後，我才慢慢地回到了家裡，這裡是我臨時租住的地方，我並沒有打算在這裡安家。

走上單位樓，卻意外地發現如月提著一小包行李在門口等我。

「實在受不了酥肉他們兩口子膩歪，你收留我嗎？」她笑著，鼻子好看地皺了皺，對我說道。

其實這丫頭是擔心我的單子是否順利，來打聽情況了，我摸出鑰匙，一邊開門一邊說道：「最多收留一天，妳在這裡，我怎麼帶女孩子回家啊？」

「得了吧，我又不是我姐，你儘管帶啊，我就當看戲好了。」如月滿不在乎地對我說道。提起如雪，我心裡又泛起一種說不上來的滋味，假裝低頭推門不在意地問道：「好一陣子沒見妳姐了，妳問問她啊，啥時候來看看我這可憐人唄。」

「噢喲，你不嫌棄我姐妨礙你帶女孩子回家啊？你可憐什麼，悠閒地過著，還不時去帶個女孩子什麼的，你就裝吧。」如月狠狠地擠兌著我。

我不再言語，從背包裡把錢扔到了桌子上，然後小心翼翼地收好我的法器，如月一見到錢，拿起一疊就在手上來回地甩，然後對我說道：「沒說的，請客吧。」

我一邊進到臥室找了幾件乾淨的衣服，一邊說道：「那妳也得等我洗個澡再說，今天哥哥有錢，妳好好想想，要吃什麼吧。」

當半夜我一覺醒來的時候，房間裡已經很安靜了，我迷迷糊糊地拉亮燈，去到客廳，卻發現留給如月的那間臥室大開著，她並沒有在這裡留宿。

她總是這樣，嚷著要我收留，卻沒有真的在我這裡過夜過，或者有些東西不能擺在明面上去說吧，那是大家的傷口。

客廳的飯桌上，放著幾個小菜，和一碗粥，被細心地用罩子罩住了，旁邊還有張紙條。上面是如月熟悉的筆跡，她寫道：

你這裡太髒了，一個人都收拾得不乾淨，妹妹我還是滾去住酒店吧。

你太慫了，估計也是老了，竟然陪我吃過午飯後，就「一睡不起」啊，哪有當年一起闖蕩江湖的風範。

桌子上有菜，醒了就吃了吧。

一個人過，別太應付了。

我笑著收起了紙條，心中有著淡淡的溫暖，一個人，是啊，總是一個人，我只期待在剩下的生命中，我愛的和愛我的人都別再離開。

第十七章　覺遠與二一九九元

星期六一大早，我剛晨練歸來，就接到了安宇的電話，在電話裡他的語氣頗為輕鬆，畢竟寫字樓「乾淨」了不少，他最沉重的心事也算放下了不少，不再像前幾天那樣，開口就是救命，一副苦大仇深的樣子。

他的電話，當然是要求我去做法事的，在他看來儘早全部了結，才算是徹底放心。所以，夜夜笙歌的他難得一大早就那麼積極地起床，打電話催促我。

我一邊擦著汗，一邊告訴他不用那麼早，並且讓他帶來的道士準備好一個法壇。另外做法事的現場，是嚴禁外人打擾的，所以請他務必把相關人等清理乾淨，然後來個大門緊閉吧。

我看了一下時間，告訴他我大概下午才會到。

這時間其實是有講究的，避開陽氣較盛的時刻，也避開午時極陰的時刻，一切只因為那些嬰靈我並沒有真的收了它們，只是暫時鎮住了，我要還它們一場超渡，雖然比較麻煩。

吃過早飯，我原本是應該修習我們這一脈獨有的氣功練氣的，這是需要長期堅持的事情，無奈酥肉一大早的就跑來了。

他一進屋也不客氣，自己拿了個碗，就去廚房裡把剩下的稀飯都倒進去了，一邊稀哩呼嚕地喝著稀飯，一邊一逕地往嘴裡扔著小籠包子，還不忘趁間隙夾幾筷子蘿蔔絲兒。

我懶洋洋地坐在沙發上，點了一枝菸，就這樣看他吃，從他進來到現在，我們愣是一句話都沒說過，彷彿當對方是空氣，沒辦法，認識了那麼多年，想不把對方當空氣都不行，也只有在空氣中人才是最自在的。

終於，酥肉在吃了七個小籠包以後，才捨得擦擦嘴，嘴裡還含著東西，對我含糊不清地說道：「三娃，你狗日的不厚道，今天要做法事，都不跟老子說。」

其實這場法事已經沒有什麼危險了，我也不在意酥肉去不去，我伸了一個懶腰，說道：「你是咋知道我有沒吃完的包子？七個了，你小子是要往兩百斤發展嗎？」

「嘿，我去問過你社區門口那賣包子的大娘了，她說你今天有來買包子，你有多懶，我又不是不知道，一次性要買幾籠，吃不完放冰箱，省得下次再出去買，我這不幫你消化來了嗎？兩百斤算什麼，老子一米七八的大漢兒，兩百斤也不算多胖。」酥肉振振有詞地回答我。

我懶得和這小子扯淡，對他說道：「那你隨意啊，如果你願意冰箱裡的存貨都吃乾淨了，也沒問題。我下午才會去做法事，要等一個人來，現在我去練功了，你自己找樂子吧。」

酥肉一邊吃一邊揮動著筷子，意思是叫我快去。

練功的時候，是沒有所謂的時間概念的，因為必須全神貫注地陷入一種空靈的境界裡，腦中只有氣息的存在。

我沒有師傅的那種境界，接近於龜息，但一呼一吸很自然地保持在一分半鐘在練功時刻是可以做到的。

這樣的境界放在當今圈內的人裡算是很可以的了，要放在幾百年前，那個道家大放異彩的明朝，那就是汗顏的事兒了，在那個時代，像我這種有正統傳承，並且從小修起的人，至少能達到真正的辟穀十天以上，並且接近小龜息的境界。

環境在沒落，道家也在沒落，修者是何其的艱難。

當我緩緩收功時，時間剛好過了四個小時，那麼多年來，練功的習慣已經潛移默化，這時間已經成為一種刻意的習慣，當然在特別忙碌的時候，我會控制在兩個小時。

練功完畢，走出屋子的時候，酥肉在我電腦上玩著「足球經濟」的遊戲，在他旁邊有個光頭的傢伙在那裡大呼小叫地喊著：「不對，前鋒比較重要，你應該先用錢買羅納爾多……」

這傢伙，我笑著走過去打招呼，說道：「覺遠，來了多久了？」

「也不久，早班飛機，也就剛到一個多小時，打你電話關機，估計著你在練功，我就直接打酥肉電話，他來接我。」對的，這個光頭大和尚正是覺遠，我們相識於黑岩苗寨，後來他是慧大爺指定給慧根兒的老師之一，我們的交情也就由此開始。

五年過去了，現在慧根兒主要跟著慧明師傅學習，但對於佛法的理解還是覺遠在教導，只是相對要少些了，但這並不影響我和覺遠感情越來越好，畢竟我們算是「臭味相投」的人。

「飛機票留著嗎？」我問覺遠。

「廢話，你說有人報帳，我能不留著嗎?哦，因為是免費的飛機，所以我坐的是頭等艙。」

覺遠一臉溫和的笑容，整個人斯文又儒雅，但我就是看出了一絲老狐狸的感覺。

我大笑了幾聲，一把過去攬著覺遠說道：「等一下還有兩萬的尾款，你就拿著吧。」

覺遠推開我，很是珍惜地整了整他身上那件很是時尚的外套，說道：「別攪著我，我這衣服可是名牌——邦威，弄皺了怎麼辦？」

我無語地看了一眼覺遠，我雖然不講究衣服，但邦威是名牌嗎？或許吧，九九年的時候。

我們三人趕到寫字樓的時候，是下午三點鐘的樣子，這個時候的寫字樓大門緊閉，還像模像樣地拉了一層布擋在大門上，安宇嚴格執行我的要求，弄得我們三個人被幾個他請來的建築工人攔在門外，差點兒就進不去，後來還是酥肉撥通了安宇的電話，讓安宇親自來接我們。

「承一啊，你總算來了，我請的人都等了好些時候了，這事情不整好，我心裡不安啊。誒，這位兄弟是哪位？看著好像年輕有為的大學教授啊？」安宇注意到了覺遠。

覺遠立刻一本正經，一副雲淡風輕的高僧模樣，也不忘了像模像樣地理了理他那時尚、美麗，英俊的邦威外套。

我心裡好笑，這覺遠雖然是個大和尚，但極其注意打扮，他曾經說過越是執念，也就越要面對，當有一天能萬般華衣穿在身上，心中只是等閒的時候，他的心境也就完美了。

可惜這小子沒什麼錢打扮，因為他的錢至少資助著十個貧困的學生。

於是我對安宇介紹道：「這是我的朋友——覺遠，是這次負責來超渡的，也算是為你小子積點兒德，免得有些……咳……因為你而魂飛魄散，背負這種因果也不見得是好事兒。」

安宇似懂非懂，一邊聽一邊點頭說道：「原來是覺遠大師，幸會，幸會，一看覺遠大師就像是得道高僧。」

覺遠一聽，模樣端得越加地雲淡風輕，和覺遠認真地打過招呼以後，安宇又對我說道：「承一，我什麼都不懂，總之你怎麼說，我就怎麼做，你說超渡就超渡吧。」

我無奈地想著，你倒是真的不懂啊，你擔心的只是自己的安危。但我也沒辦法，因為我不能去要求一個人把仁慈放在自私之上，就連我自己不也做不到大愛？只要是關係到我身邊重要的人時！

我和安宇對話之時，覺遠咳嗽了一聲，安宇有些疑惑地望著覺遠問道：「覺遠大師？你是有什麼要求嗎？」

「阿彌陀佛，貧僧只是想告訴施主，平日裡，貧僧不是很愛穿僧袍，這樣行走世間多有不便，施主覺得貧僧穿這件衣服超渡怎麼樣？不會讓施主不安吧？」覺遠神色間更加的「神棍」了，但是目光卻緊緊地盯著安宇。

酥肉「噗」的一聲，嘴裡嚼著的口香糖就噴了出來，脖子一下子脹得老粗，臉也憋得通紅，接著不停地咳嗽。

我使勁地掐著自己的掌心，不停地在心裡說道，覺遠是高僧，覺遠是高僧，不許笑，不許笑。

只有安宇丈二和尚摸不著腦袋，不明白為何我和酥肉那麼大的反應，更不明白覺遠忽然對他說這個幹嘛，我一道士也沒穿道袍，和尚不穿僧袍很奇怪嗎？幹嘛要拿這個出來說事兒？

酥肉捂著嘴說道：「我去上個廁所。」

不一會兒，廁所就傳來了酥肉狂笑的聲音，而覺遠似乎不打算放過安宇，那目光已經近乎是「期待」地望著安宇了。

我強忍著，不動聲色地走到一個工人哥兒們面前耳語了幾句。

然後那工人哥兒們大大咧咧地走到覺遠面前：「大哥，你這衣服簡直太帥了，比穿僧袍好看很多啊，哪兒買的，得一百塊錢吧，我太羡慕了。」

在這間隙，我使勁地對安宇使眼色，安宇是個人精，立刻反應了過來，馬上說道：「哎呀，你不說我還沒注意，這衣服覺遠大師穿著，簡直太有氣質了。」

覺遠的神色立刻放鬆了下來，手持佛禮，道了一句：「阿彌陀佛，施主們妄讚了，這件衣服也就二九九元而已，貧僧只是買來遮風擋雨。」

我×，我終於忍不住狂奔出去，靠在大門口，狂笑起來。

第十八章 牆裡的東西

我知道經過那麼一齣，安宇對覺遠的高僧身份一定有所懷疑，仍保持著尊重，應該是給我面子，反正他有錢，也不在乎多花一些小錢再請一個人。

可我和覺遠都不在乎這個，有本事也不是給人們炫耀的，我們沒有所謂當高人的覺悟，當然，更沒有所謂的高人風範，在平日的生活中可能比普通人還二一點兒，但是只要自己開心，誰又在乎二還是不二？

所以，鬧過這一齣之後，我去檢查法壇，順便開始要畫法陣。

而覺遠開始四處晃悠，不時地抽抽鼻子，神叨叨地對他身邊的酥肉說道：「別過來，這裡有一股陰味兒，我聞到了，你走這裡要撞著一個鬼。」

酥肉被覺遠唬得一驚一乍，終於忍不住罵道：「覺遠，你是不是玩我啊？如果不是，那你就是狗變的，傳說狗鼻子才能聞到鬼在哪裡！」

覺遠一副悲天憫人的樣子，在那裡唱了個佛號，然後說道：「眾生皆平等，施主，請你不要侮辱狗狗，狗是我們人類的朋友，是……」

我覺得好笑，懶得理會他們在那裡扯淡，開始專心地畫起法陣來。

半個小時以後，法陣完成，我站在大廳的祭壇背後，洗手焚香過後，才拿起了三清鈴開始默念咒語，搖動三清鈴，運行陣法。

說起來這個陣法，一直被外人傳為邪術，因為它和我曾經在黑岩苗寨畫的百鬼聚靈陣，有異曲同工之妙，都是聚集陰魂所用，搖動三清鈴就是通知陰魂來這裡。

不同的是，百鬼聚靈陣需要時間去慢慢累積，這個陣法配合三清鈴可以瞬間把陰魂都聚集而來，要是用來整人的話，絕對算得上邪術。

但在這裡，我只是為了把鬼魂聚集起來，讓覺遠超渡罷了。

所以，術法不分正邪，只是術法所用之人的心地到底正不正了。

隨著三清鈴的晃動，我大喊了一聲：「無關人等，退去五十米後，陣法以外。」，百鬼來聚，就算它們沒有害人之心，普通人一定受不了這股陰氣大潮的衝撞。

安宇一聽我的話，趕緊帶著工人們跑了，那些個道士有些不相信的樣子看著開壇施術的我，就只倒退了十幾米，畢竟同行相忌，他們說不定就以為我是裝神弄鬼。

可在我的話喊出來沒有一分鐘，大廳憑空就暗沉了幾分，彷彿有一股霧氣瞬間湧了進來，和自然界的白霧不一樣，這種霧氣帶著一點點暗沉的灰色，伴隨著霧氣的還有一陣陣陰冷的風。

如果說這些都不夠震撼這些道士的話，此時，若有似無的腳步聲從四面八方響起，這些道士裡立刻有好幾個趕緊就朝著安宇那邊跑去了。

有幾個倒是有些真本事，我看他們拿出了法器，隔著很遠，我都能感覺到這些法器有淡淡的靈氣在其中。

「收了法器，如若不想退去，在旁觀看的話，就把正陽的東西佩戴在身上就夠了。」我必須要提醒他們，拿出法器，會被這些「好兄弟」認為是挑釁的行為，這是絕對不可以的，我現在佈置的陣法，可沒有鎮壓的意思在裡面，萬一好兄弟暴動了，那就好玩了。

此刻，我的話顯然他們能聽進去了，仔細一想也知道了這個忌諱，趕緊收了法器，有些人退去了，只剩下一個人，帶著一塊護身玉還站在不遠處。

估計安宇請的人裡面，也就這個人是最厲害的吧。

也就在這時，覺遠持一串手珠走入了陣法當中，在陣陣陰風和朦朧的霧氣中，就如閒庭信步。

風帶起覺遠的邦威，可他此時神色平靜，再也不去在意他的邦威，而他眼神中有一絲非常真誠的悲憫，每當看著這種樣子的覺遠，我總會想起在黑岩苗寨初見的那一次。

寧靜致遠，天高心闊。

覺遠進入陣中，而我的法事也差不多做到了尾聲，我對覺遠喊道：「覺遠，用天眼通幫我感應一下，可還有漏網之魚？」

覺遠掐了一個佛門的手訣，然後閉眼陷入了一種沉靜的狀態，過了大約兩分鐘，他才開口說道：「除了那八個，沒有漏網之魚了，但……」他沉思了一下，終究沒說什麼，對我說道：「封了法陣開始吧。」

覺遠的能力我是不懷疑的，如果說道家的天眼是顯微鏡，看透一切細節，佛家的天眼通，就是探照燈，大範圍的感應更強大。

他剛才的話我沒想太多，估計是一時不敢確定而已，既然他要開始了，我拿出幾個封陣法器，封了陣法，這樣裡面的好兄弟就會被限制在陣法之內，但也只是限制，並不是鎮壓。

做完這一切之後，我就退了出去，接下來的事情就是覺遠的事情了，靈體雖多，但是以他的能力，超渡起來並不困難，何況是自願接受超渡的靈體。

我站在外面，點了一枝菸，覺遠的超渡之聲隱隱傳來，讓人心靈有一種異常的寧靜之感，我看周圍的人都陷入了那種寧靜之中，我想這場超渡過後，安宇一定會對這個覺遠大和尚有一種不一樣的認識。

整個超渡進行了一個小時之久，當覺遠說了一句可以了的時候，我們走進大廳，每個人都從心底感覺到了一種乾淨，明亮，清明的感覺。

安宇愣神了好久，過了半天才對我說道：「承一，這是我的寫字樓嗎？我沒看錯吧？」

然後他恭恭敬敬地對覺遠喊了一句大師，可惜覺遠壓根不在意，他那件衣服不知道是不是剛才弄髒了，他在使勁地拍著衣服，什麼大師之類的，我懷疑他根本就沒有聽見。

我沒有對安宇多說什麼，而是讓他帶上人，和我直接上了七樓。

在那一間儲藏室，還是有一種讓人不舒服的氣場，畢竟嬰靈只是被鎮在了這裡，可它自身的怨氣並不能完全地鎮住。

現在是下午五點多，嬰靈上次被我打得虛弱，在這個時間應該翻不出什麼浪花。

另外，為了保險起見，我讓另外幾個道士提著一桶熬製好的「正陽水」在一旁等著，我告訴他們一有不對，就把「正陽水」灑在挖出來的東西上。

安宇非常疑惑，他望著我說道：「承一，我這寫字樓會挖出什麼東西啊？難道還沒有解決？」

我沒有回答安宇，而是深吸了一口氣，揭掉了那張符，揭掉符的同時，覺遠在我旁邊，又抽了抽鼻子，說道：「好重的怨味兒啊。」

我指著牆，對那幾個建築工人說道：「就是這裡，把牆敲開，如果看見裡面有東西，你們千萬別碰。」

然後我才對覺遠說道：「嬰靈，你以為呢？」

覺遠道了一聲佛號，不再言語，而此時建築工人也在砸那堵牆了。

酥肉在一旁問我：「承一，裡面會有些什麼啊？」

我搖頭說道：「我也不知道，我知道的只是嬰靈的寄體在裡面，或者是一個牌位，或者是……也只有敲開才能知道了。」

酥肉點點頭，乾脆跑進去近距離觀看去了。

結果不到五分鐘，我聽見包括酥肉在內的幾個大男人，同時驚恐地叫了一聲，我趕緊跑了進去，在裡面我看見的場景，讓我的拳頭都捏緊了。

我也不知道我捏緊拳頭是因為害怕，本能地排斥，還是從心底地憤怒和悲涼。

在牆裡面有一個大號的塑膠瓶子，瓶子裡充滿了一種紅中帶黑的液體，在這液體裡泡著的竟然是一個半成形的，有些破碎的嬰兒的屍體！

第十九章　這樣結束？

那液體是什麼我不知道，甚至這種狠毒的術法，我只是耳聞過一些模糊的事情，根本就沒有真正見過，當它真的發生在眼前，我打從內心無法接受。

覺遠比我鎮定，一邊念著佛號，一邊說道：「這個孩子，應該是死嬰，就是那種流產後處理掉的死嬰，封進瓶子的時候就已經死了。」

覺遠的意思很明白，這個設局之人，是搞到了流掉嬰兒的屍體來做這場局，怪不得這棟寫字樓裡的嬰靈那麼兇厲，因為它們的屍體直接被利用，又加深了一層怨氣。

我幾乎是用顫抖的手重新給那大瓶子貼上了四張黃色符籙，然後掏出了一綑紅繩，開始給這個塑膠瓶子打繩結，埋在牆裡和最終拿出來，是不一樣的，四張黃色的鎮魂符不一定鎮得住，需要綁一個鎖魂結。

我儘量不去看瓶子裡那嬰兒模糊不清的臉，我總是能感覺到它那怨毒的眼睛一直盯著我，我打繩結的手很穩定，可是我的心卻一直在顫抖。

在另外一邊，安宇在給那幾個建築工人塞錢，並且小聲地吩咐著什麼。

那意思估計是讓人別說出去，一旦說出去，就算這裡的事情徹底解決了，這棟寫字樓也會爛在安宇的手裡，人們有時都是盲從流言的，不會去管事情本身或許已經發生了改變。

我綁完繩結，身後一個道士也是幾乎顫抖著趕緊用黑布蓋住了這個塑膠瓶子，沒人敢把這塑膠瓶子取出來，因為那種讓人不舒適的、顫抖的怨氣太重了。

我讓安宇去他公司裡找一個小推車來，然後我親自動手把這瓶子抱了出來，在把瓶子抱在懷裡的瞬間，我忽然就聽見了一句若有似無的：「叔叔，你要我嗎？」在我腦中響起，我的身子忍不住一顫。

在這個時候，覺遠忽然在我耳邊唱了一聲佛號，一下子把我驚醒了過來，這時，安宇指揮著幾個建築工人，推著個小推車，也匆匆忙忙地跑過來了。

我臉色難看地把瓶子放在了小推車上，沒想到這嬰靈的怨氣大到這種程度，明明已經那麼多重保險了，竟然還能這樣影響我，要是普通人，說不定那一刻就已經徹底迷亂了，陷入恐怖的幻覺。

覺遠一聲佛號拉回了我，臉色也極其沉重，估計這種狠毒的施術方式，他也是第一次見到吧。

當我把瓶子放到小推車上以後，覺遠從隨身的包裡拿出了一串佛珠，放在了那個瓶子上，然後才對我說道：「這樣化解一點兒怨氣，免得在超渡之前，鬧出什麼亂子來。」

我點點頭，心想自己這樣的做法終究冒險了一點兒，可是我還是想給這些嬰靈一場超渡。

我們從安宇這棟寫字樓裡如法炮製的取出了一個又一個的嬰靈，無一例外的，牆裡都是一些瓶瓶罐罐，裝著的全部是嬰兒的屍體，我個人不太分得清楚這些嬰兒有多大了，到底是流產還是引產而出，但是他們都有同一個特徵，那就是一雙充滿怨氣的眼睛特別的清楚。

我每取出一個罐子，安宇的臉色就難看一分，而且眼中也有掩飾不住的憤怒與害怕，一個普通人要是被人這樣設局陷害，恐怕能做到安宇這樣，也算不錯了。

至少，他還沒有情緒失控到破口大罵！

最後，我們一共取出了八個瓶子罐子，全部都被覺遠用一樣佛門開光器放在上面，暫時化解怨氣。

這些東西被我推到了一樓大廳，這一次覺遠的超渡可不敢那麼隨意，他親自動手擺出了一個小小的佛門超渡陣，然後按照一定的方位，親自把這些容器放好。

當取下那些佛門開光器的時候，在場的每一個都聽見了一聲聲如貓叫似的哭泣聲，可是那哭泣聲不在眼前，倒像是從周圍四面八方傳來的，就如這棟樓裡進來了很多野貓。

我擔心地看著覺遠，問道：「需不需要幫忙？」

覺遠搖搖頭說道：「我一個人能夠渡化，但是我希望你們每個人在外面，也真誠地給這些嬰靈超渡一下。」

其中一個建築工人有些害怕地說道：「大師，我們不會超渡啊，要咋做啊？」

覺遠說道：「若你誠心為一個人超渡，祈福，那麼哪怕是一聲阿彌陀佛也是有效果的。如若用心不良，或者只是擺足了架子敷衍了事，念經文百遍也自是無用。這些嬰靈可憐，你們看見了他們的屍體，也是一場緣分，真誠地為他們渡化一下吧，也為自己積一些德品。」

眾人連忙答應了，我和酥肉想留下來，覺遠反倒是拒絕，堅決要求我們去到大門外等著，他說他一個人反倒能用盡全心為他們念一篇超渡經文。

我和酥肉答應了，按照約定，當覺遠第一聲木魚聲響起時，我們所有人開始在心裡同時為這些嬰靈超渡，不會佛門經文，也可以想著下一世投個好胎，再念一句佛號。

隨著超渡開始，周圍的野貓聲叫得越來越厲害，但覺遠的誦經聲始終平穩地壓住了這些聲音，讓人的內心安穩，可以安心地為這些還在掙扎的嬰靈超渡。

到了後來，這些野貓的叫聲開始從淒厲變得哀婉，接著從哀婉變成了一種低低的嗚叫聲，彷彿有說不盡的委屈，卻是平和地對著一個人訴說。

我們不知道為什麼，心裡總有一些悲哀的感覺在裡面，每個人越發真誠地為這些嬰靈超渡起來。

漸漸的，這些聲音消失了，沒有了，而時間也不知不覺地過去，當覺遠緩緩走出來，我們回過神時，已經過了一個多小時。

「超渡順利嗎？」我問覺遠。

覺遠有些疲憊地點頭說道：「一切都很順利，這些嬰靈的怨氣已經化解。」

我點點頭，剩下的就是安宇請來這些人的事情了，比如說處理這些裝著嬰靈的容器，讓它們入土為安，比如淨化一下這棟寫字樓的陰氣，讓這裡徹底地乾淨起來。

這些瑣事，這些道士應該是能辦到的。

至於怎麼封口，安宇這個人精會搞定的。

收完尾款後，我、覺遠、酥肉三人就離開了，畢竟剩下的事情沒有什麼危險了，在車上，我把兩萬的尾款拿給了覺遠，然後發動了車子。

在開車的時候，我打趣地問到覺遠：「怎麼樣？要不要我開車帶你去買幾件兒衣服？兩萬塊錢，外加報的飛機票還有一些安宇另外給你的感謝費，怎麼著你也可以奢侈地買幾件衣服了吧？」

覺遠的眼睛立刻亮了，大聲說道：「我就是想買幾件班尼路的衣服呢，我想我穿著應該很好看的，我就覺得班尼路特別適合我。」

酥肉憋著笑，咳了一聲，說道：「班尼路，那是給小孩兒穿的吧？不然，我帶你去買吧，算我的，我給你挑幾件兒，就別班尼路了啊。」

覺遠搖頭說道：「你太胖了，你是穿不上班尼路的。」那意思是酥肉嫉妒他能穿班尼路。

酥肉一口老血憋在喉嚨裡，過了半天才說道：「得了，你當我沒說。」

覺遠又搖頭，說道：「不可以當你沒說，衣服還是你要給買的，這樣我又可以省一些錢，而我資助的那些孩子又可以多幾本書，多一些穿的。」

我笑著聽他們在扯淡，其實也明白有些二的覺遠，才是真正的大智若愚，也才是真正的慈悲高僧，也是這樣的人，可能在生活中，往往才不在乎一切虛名，不在乎所謂的束縛。

自在，隨意，本心純真，所以，我們才能「臭味相投」吧。

車窗外，晚霞很美，我深吸了一口氣，無論怎麼樣，嬰靈事件已經結束了，可是，那是真的結束了嗎？

第二十章 他出事了

覺遠在事情結束後的第三天就走了，他是非常滿足地離開的，因為酥肉給他買了五套衣服，他帶著這五套衣服要去一個非常偏遠的地方，那裡有一群可憐的大山裡的孩子，覺遠每年都會去那裡待一個月左右。

這就是覺遠，他的修行永遠都不在什麼寺廟中，而是到處遊走，特別是貧困的地方，他常常告訴我，既然是渡人，連人的苦難都不瞭解，又何從渡起？而善也不是從嘴上講講就可以的。

我很欣賞覺遠的生活態度，但我自己卻不能這樣，因為我還有一群牽掛的親人。

時間過得很快，轉眼覺遠也離開了三、四天的樣子，我盤算著安宇這一單做完，我也可以悠閒很多日子，是不是要考慮一下天津之行呢？

原本我也就是一個人，安宇的單子完了之後也沒有什麼特別的事情要做，既然這個念頭已經冒出來了，我很乾脆地就收拾了幾件衣服，就出門了。

天津之行耽誤不了幾天時間，也當是自己現在開始去驗證一條線索了吧。

我招了一輛計程車，就直奔機場，到機場之後，我還沒有來得及買機票，就接到了酥肉的電話，一接起來，電話那頭就傳來酥肉焦急的聲音。

「承一，事情麻煩了。」

我不解酥肉說的話到底是什麼意思，於是皺著眉頭，停下了腳步，問道：「什麼事情麻煩了？」

「安宇出事兒了，很嚴重，我一時半會兒也說不清楚。你在哪裡，有沒有空先過來？」酥肉急急地說道。

「過來哪裡？」我心中一下子就升起一種不祥的預感。

「安宇家裡，現在是我壓著沒讓立刻送醫院的，我總覺得他那樣子像是中邪了，我怕是和上次的事情有關，你趕緊過來看看，不是的話好送醫院。」酥肉簡單地給我說了一下。

「嗯，那我馬上過來。」

掛斷電話，我幾乎是跑著出了機場，匆匆忙忙招了一輛計程車，就朝安宇的家趕去。

坐在車上，我就有一種說不出的壓力，我直覺地就想起，我曾經待過一夜的安宇的辦公室，難道問題真的出在那裡？

一路上，我都在猜測著，當計程車終於到達目的地時，我幾乎是跳下車的，扔了一張一百的鈔票，我連找零都懶得收，就直接衝了進去。

酥肉在安宇屋子的大門口等著我，我還沒跑到，就看見他在那裡來回地走動著，一會兒看下手機，一會兒吸一口菸，也很是焦躁的樣子。

我深吸了一口氣，儘量讓自己冷靜一點兒，然後才走上前去，喊了一聲酥肉。

酥肉轉頭看見是我，一張臉上的神情明顯就鬆了下來，他快步朝我走來，就跟看見親爹似的，拉著我就走，一邊走一邊說道：「三娃兒，你總算來了，安宇快狂犬病發作了！你說這事兒咋辦？給驅邪了，主人還中邪了，這下別人可有話說了。還是趕緊給弄好吧，不然你以後咋接生意啊？而且也不能看著安宇死啊……」

酥肉也是真的急了，張口就是一大堆話。

「我不在乎！不過安宇我會去救的，我收了他錢，肯定會為他辦事。」我的心情也不好，這算什麼？馬失前蹄嗎？說不在乎，其實我還真怕圈子裡的人知道，砸了我的招牌倒還好說，砸了我師傅的招牌那是我不願意接受的。

酥肉可能感覺到了我的情緒，連忙「呸」「呸」了兩聲，說道：「看我這張嘴！還是快去把事情解決了吧。」

我嗯了一聲，和酥肉一同快步走進了屋裡。

一進屋，我就看見整個屋子偌大的客廳亂七八糟的，在客廳的沙發上坐著幾個男人，他們的衣服都有些亂，神情也是一種說不上來的迷茫，一看就知道，那是對發生的事情不解。

酥肉看見他們，快步走上前去說道：「安宇現在怎麼樣了？」

其中一個戴著眼鏡的男人說道：「安總羊癲瘋發作得越來越厲害了，開始咬自己了，我們哪個去拉他，他就攻擊哪個！蘇總，我覺得沒辦法了，不然趕緊送醫院吧？」

酥肉一揮手說道：「我朋友已經來了，他是你們安總信任的醫生，讓他先去看看吧。」那幾個男人估計只是安宇公司的員工，不好多說什麼，只得點點同意了。

我和酥肉快步上樓，安宇就在樓上的臥室裡。

「我讓人把他反鎖在臥室裡的，告訴他們不時地去看看情況。」酥肉一邊走一邊跟我說道。

「他是怎麼發作的？在哪裡發作的？」我開口問道。

「他是在他公司，就他那辦公室發作的。怎麼發作的沒人知道，總之是他們公司一個祕書發現的，我×，一進去，就看見安宇邊笑邊用一把裁紙刀劃自己玩兒，那樣子就像小孩兒在玩什麼好玩的玩具似的，把那祕書嚇慘了，然後才叫來人。」酥肉給我說道。

「那你咋知道消息的？」

「後來，安宇不就開始發瘋嗎？祕書叫來人的時候，他在辦公室大喊大叫的，還吃盆栽裡的泥巴，然後人們去拉他，好像他就清醒了一下，叫人們把他送回家，還拿出手機叫人直接聯繫我。你看見那幾個人，就是他們送安宇回家的，可折騰了！」酥肉無奈地說道。

能不折騰嗎？送這樣一個典型被上身的人回家。

是的，通過酥肉短暫的敘述，我大概已經猜測出來了安宇的情況，幸好是白天的人多，一般情況下，是男人身上陽氣較為重些，幾個男人身上的陽氣衝撞了一下上他身的「東西」，讓他得到了短暫的清醒，才得以通知酥肉。

估計安宇一定是自己清楚遇見了什麼，才會趁著清醒的時候，讓別人聯繫酥肉，聯繫酥肉的目的也就是為了聯繫我，在他那裡只知道我的工作電話，那個電話我已經關機了，也只有酥肉才能聯繫到我的私人電話。

由此可以判斷，安宇在被控制以前，說不定是打了我的電話的。

就這樣和酥肉邊走邊談邊思考，我們很快就來到了安宇的臥室門前，在那裡很搞笑地掛了一把大鎖，酥肉一邊掏出鑰匙一邊說道：「沒辦法，臨時買的鎖弄上的，誰知道他臥室鑰匙在哪兒？」

我沒接話，而酥肉已經輕輕打開了鎖，握住了門的把手，然後又對我說道：「我開門的時候，你小心一點兒，這可真比狂犬病還可怕！」

我認真地點了點頭，而酥肉則一下子拉開了這間臥室的大門。

門剛一開，我們都還沒回過神來，一個身影就猛地竄了出來，怪叫著朝著酥肉就撲了過去，酥肉這小子很胖，身手原本就不靈活，被這個身影猛地一撲，一時沒反應過來，一下子就杵在那裡，眼看就要被他撲到身上……

而我則看清楚了，那個撲過來的身影不是安宇又是誰？其他的也不打緊，可我分明看見他手上握著一把水果刀，估計是放臥室裡的，酥肉他們太匆忙，加上他又發瘋，也沒注意把這些危險品拿走。

如果這一下，酥肉被撲實了，少不得就要挨一刀子！

於是，我再也顧不得許多，抬腳就朝著安宇踹去，在著急之下，也顧不得力道的問題，安宇一下子就被踹了出去，狠狠地撞在門框上，生理上的痛苦讓他神情有些難受得彎下了腰，可他的意識上好像完全不怕疼似的，怪叫了一聲，又衝了過來。

可那裡還能讓他得逞，我衝上去用小時候練的鎖人方法鎖住了他，可是被上身的人一般力氣都奇大，因為上身之物壓榨你潛力可沒有什麼顧忌，我一時還鎖不住，只得對酥肉吼道：「快來幫忙，順便叫下面的人也上來。」

第二十一章　鬼上身與神經病

最終，安宇被我們用撕碎的被單牢牢地綁在了他臥室裡的那張大床上，為了防止他咬舌，酥肉還在他嘴巴裡塞了一團床單撕成的碎布，因此還被咬了一口，幸好我及時扣住了安宇的下巴，否則絕對少不了鮮血淋漓的下場。

看見安宇就這樣五花大綁在床上，他的一個員工有些擔心，問道：「這合適嗎？我看安總這樣子，還是送醫院好了。」

這情況怕是送醫院才不好處理，一耽誤安宇好一點兒的下場就是徹底變成瘋子，不好的下場就是被控制著把自己玩完，我只能敷衍道：「這種病我有土方法可以治，你們安總讓人聯繫我，就是不想上醫院，讓我治。去醫院他丟不起那個臉。」

那員工不放心地問道：「你有把握嗎？」

「還算有把握吧，這樣，你們出去幫我辦點事兒，行嗎？」我說道。

此時，我身上除了幾件衣服，並沒有帶什麼法器在身邊，當然還需要一些東西來輔助解決這件事情。

其實，也不是沒有其他的辦法，面對這種上身的情況，手訣也是可以的，但是我的手訣並不像我師傅那麼純熟，在用特定手訣逼出鬼物時，我怕也傷了安宇此刻脆弱的靈魂。

要是這樣，就算解決了這件事，安宇也會變成腦子不太好用的人，那樣就不能算救他了。

面對我的要求，那幾個員工雖然有點兒猶豫，但還是答應了，畢竟如果我說的是真的話，因為他們給耽誤了，他們可承擔不起這個責任。

「這樣，也就是跑跑腿兒，你們去一趟市場，買一隻大公雞回來，不挑別的，就挑一隻特別好動的，鬥起來特別狠的大公雞回來，然後再買一些辣椒，越辣的越好！最後，再給我買一隻毛筆回來吧，筆尖不要太粗，就一般的細一點兒那種就行了。」我對那些人說道。

這些東西不可謂不奇怪，那些人一聽我要他們買的東西，都像看神經病一樣的看著我，我卻懶得解釋，也不能解釋，好在酥肉在，他大吼了一聲：「快去吧，不然耽誤了誰負責？買了回來找我報帳。」

酥肉這麼一吼，那幾個人終於去了。

我們倆鬆了一口氣，然後酥肉問我：「要不要我送你回去一趟？」

「回去做什麼？」我問道。

「把你的『傢伙』拿上啊，安宇這個樣子，你赤手空拳怎麼對付？」酥肉對我說道。

「沒事兒，上身倒也不麻煩，麻煩的就是……」我沉默著沒說了，我也不想嚇唬酥肉，其實稍微麻煩一些的就是這隻被逼出來的東西，對付起來要麻煩一些。

酥肉拍拍我的肩膀，表示理解，然後很自動地從安宇的臥室裡翻出一包菸來，然後和我一人一枝地點上了。

這時，我們才有空閒來打量一下安宇。

真是很狼狽，身上到處都是自殘的傷口，另外也不知道吃了什麼，嘴的周圍黑糊糊的一團，身上的瘀痕什麼的更不必說，最重要的是，這小子身上奇臭無比，這被上身後，屎尿都拉身上了。

我們刻意沒去看他的臉和眼睛，此刻的安宇已經不是本人了，一雙眼睛流露的根本沒有人類的情緒，全是一種說不出的怨毒和狠辣，而臉上的神情就像瘋狂的野獸，誰看到此刻安宇的臉，誰都會難受。

酥肉叼著菸對我說道：「三娃兒，你肯定是鬼上身嗎？」

「兩種情況，第一，神經病。第二，鬼上身。你覺得是哪種？」我反問酥肉。

酥肉愣了半晌，然後望著我說道：「三娃兒，我×，這精神病院裡那麼多神經病，不會是那……？這要怎麼分辨啊？」

「沒辦法分辨！我不懂病理性的神經病原理是什麼。但是鬼上身嘛，就只能及時去救，去驅趕上身之鬼，如果沒有及時，那就看運氣了。」我吸了一口菸，這樣說道。

「說詳細點兒唄？怎麼看運氣了？那常說人壓力大了，就得神經病了，那種應該是病理性的吧？」酥肉這樣問我。

「我覺得不是，壓力大了，太傷神了，也就從另外一個方面來說，傷到了靈魂！而一般魄是很難傷到的，除非先天缺失，就比如你看見的先天性聾啞人什麼的，而魂比較脆弱，比較易傷，魂主管的是一個人的記憶、思考、性格等等，你說傷到了是什麼後果？至於那些被上身之人看運氣，是這樣的，鬼物無論如何也不可能長久地上一個人的身，這是有相當厲害的排斥的，若非有深仇大恨，或者是什麼執念或大的遺憾，它們是不會這樣選擇的……」我慢慢對酥肉解釋道。

而酥肉卻打斷了我，說道：「你等會兒，我聽這些事兒得壯壯膽兒。」說完，他跑去樓下，在安宇的酒櫃裡弄了一瓶看起來上了些年份的五糧液上來，給自己灌了一口，才對我說道：「繼續說吧，我得喝酒壯壯膽兒，我不是吹牛，什麼餓鬼王，那些玩蟲子的人我都不怕，我就怕神經病。」

我笑了笑，從酥肉手裡拿過那瓶五糧液，也給自己灌了一口，接著說道：「上身對鬼的傷害也很大，那弱點兒的吧，說不定魂魄都散了。對於人呢？亡魂和生魂是不一樣的，亡魂陰氣重，至於生魂呢，自然充滿了生氣，這生氣不是陽氣，但是性質偏陽性。這亡魂硬生生地擠進身體，由於充滿了陰氣，對生魂是有傷害的，拖得越久，傷害越大！我說看運氣，是每個人的靈魂，生氣的多少是不一樣的，有人或許在上身之鬼走了以後，就會慢慢恢復，有人就真成了一輩子的神經病。因為靈魂一旦有了傷害，或許可以隨著歲月的流逝，有的人漸漸通過自身溫養好一些，有的人是徹底的都溫養不好了。要徹底治療，那是不可能了。」

「我×，這就是神經病說不定什麼時候又發作的原因？因為一直留下傷口好不了？」酥肉又給自己灌了一口酒。

「或許吧，畢竟病理上的原因我也不是很清楚。」我歎息了一聲。

「那安宇好了以後，會不會變成神經病？那可真夠慘的！」酥肉頓了一下，臉色一變，又對我說道：「還有啊，三娃兒，這安宇要成神經病了，你不就說不清楚了？我×，你以後的名聲咋辦啊？」

「他不會成神經病的，可能這次鬼上身以後，他的精神會有一些萎靡，但那麼短的時間內，還是陰氣和生氣相互消耗的時候，還傷不了靈魂的本質。」

「那就好，那就好。」酥肉拍著胸口，一副放心的樣子。

我心裡一暖，知道這小子擔心我，於是說道：「那也不怕吧，你不有錢嗎？」

「也是，老子不是有錢嗎？哈哈……」

我和酥肉扯淡，閒聊，時間過得倒也挺快，只不過在這期間，安宇又尿了自己一褲子，畢竟是鬼上身，不是自己的靈魂掌控身體，難免就會出現這樣的情況。

我和酥肉實在看不下去，把他抬去洗澡間，小心翼翼地把衣服給他扯了，用蓮蓬頭狠狠地給他沖洗了一番，然後弄一套乾淨些的睡衣，重新給他換上。

這一趟，雖然安宇的手腳都被綁著，還是把我們給累慘了，那活蹦亂跳的勁兒，都沒法形容了。

也就在我和酥肉剛剛收拾完以後，那些負責買東西的人們就回來了。

第二十二章　怪異的年輕人

我下樓去看了看他們買的東西，那大公雞挺精神的，辣椒也買到朝天椒，毛筆倒也合適，這些人辦事兒還是挺不錯的。

我心裡暗想，怪不得那麼多人愛當老闆，手底下有人跑腿就是舒服，什麼時候我也去當個道士老闆好了。

酥肉下來，很是豪爽地一人給了兩百塊錢，我使了一個眼色，酥肉立刻有默契地找了一個藉口把這些員工都打發走了。

這些員工和安宇畢竟只是雇傭關係，又不是家人，酥肉說了一個藉口，他們還是很聽話地走了，至於心裡怎麼想的，我們就管不著了。

屋子裡只剩下我和酥肉了，酥肉一把抓起那個大公雞說道：「宰雞我最在行了，三娃兒，你是要熬一鍋補湯給安宇嗎？先說我要吃一半，我折騰到現在飯都還沒吃呢。」

「你整隻吃了都沒關係，不過現在把安宇的事兒弄了。」我說完話，就提著那包朝天椒進了廚房。

酥肉提著大公雞跟在我背後，一時也搞不清楚我進廚房到底是為了什麼？

我也懶得解釋，拿出幾個朝天椒洗了，然後在案板上「唰唰」地剁了，拿出碗來裝上，倒了點兒開水調上，放在了一邊。

酥肉一副看我是在做剁椒雞的表情，站在旁邊就差沒說放點兒蒜了，我弄好辣椒水以後，也來不及和酥肉解釋什麼，從酥肉手裡接過大公雞，然後說了一句「不好意思了，雞兒」，就劃破了大公雞的雞冠子，擠出了牠雞冠子裡的血。

雞冠子裡的血不多，也就小半碗，我擠出血後，就把大公雞交給酥肉，然後端起雞血和辣椒水，對酥肉說道：「把雞關好，幫我拿一下筆，就上來幫忙吧。」

酥肉忙不迭地答應了，可看那表情，彷彿很為我沒有做剁椒雞而遺憾。

到了安宇的臥室，我們發現安宇已經不在床上了，而是在地上不停地掙扎著，這也難為他了，鬼上身，身不由己，這從床上滾到木地板上，少不得會鼻青臉腫。

我放下雞血，端起辣椒水，然後對酥肉說道：「扶起安宇。」

酥肉依言照做，把安宇扶著半坐了起來，只是這小子一直掙扎，弄得酥肉很是費勁兒，可是也管不了那麼多了，我走過去，和酥肉一起，捏開了安宇的嘴，一下子把辣椒水給安宇灌了下去。

只是一下子，安宇的臉就被辣得通紅，那一瞬間，他清醒了一下，帶著激動的目光看著我和酥肉，那意思估計是他終於得救了吧。

可下一刻他就開始劇烈地咳嗽起來，然後整張臉變得極其難受，是那種掙扎的難受。

酥肉看到這個情況，有些摸不準了，說道：「三娃兒，你是打算用朝天椒把他辣死嗎？」

我站起來，拉開酥肉，說道：「等一下，等一下他應該就會有一點自我意識了，你現在別亂。」

酥肉肯定是信任我的，點點頭，和我一起安靜地站在旁邊。

大概過了半分鐘左右，我看見安宇的神情時而掙扎，時而害怕，就知道火候差不多到了，大聲對安宇說道：「我是來幫你的，等一下，你儘量用意志控制自己的身體，聽見了嗎？」

這時，奇蹟發生了，安宇竟然用很輕的弧度點了一下頭。

「把他弄床上去。」我對酥肉說道，然後我們倆一起把安宇搬上了床。

在床上，安宇還在掙扎，但只是過了十幾秒，他就慢慢地不再掙扎了，而是換成一種全身顫抖的方式，但勉強能控制身體。

我拿起那碗雞冠子血，然後又拿起毛筆，對酥肉喊道：「先按住他的腳。」

酥肉依言照做，我用毛筆沾了一些雞冠子血，然後在安宇的腳心畫了一個符紋，這個符紋落下以後，安宇的那隻腳就不再顫抖了，但是身上卻顫抖得更加厲害。

酥肉看著，忍不住問我又是怎麼一回事兒啊？

可我沒時間和酥肉解釋，端著雞冠子血開始連續地在安宇身上畫符紋，這雞冠子血如果沒有特殊的保存方法，離體太久，陽氣就會慢慢散去，必須抓緊時間。

至於畫符紋的位置，就和趕屍人在起屍時畫符紋的位置是一樣的。

只不過趕屍人是為了封住屍體裡的殘魂，而我則是為了在這些藏魂魄的地方，用至陽的雞冠子血逼出上身在安宇身上的傢伙。

我的符紋越畫越快，很快，前面幾個地方就被我畫完了，只剩下了靈台的位置。

而這時的安宇，開始大聲地嘶吼起來，青筋暴凸，腦袋不停地搖擺著，更是不停地喊著：

「頭好痛，頭好痛！！」

這不見得是安宇清醒了，而是他本能的嘶吼。

大腦是人體非常脆弱的位置，這樣把那個傢伙逼在大腦，是非常危險的行為，只要拖延一會兒，安宇絕對會神經錯亂的，我拿著筆對酥肉喊道：「快出去，馬上！那個傢伙要出來了！」

萬一它慌不擇路上了酥肉的身，又是一件非常麻煩的事情。

酥肉不敢耽誤，趕緊跑了出去，還小心翼翼地關上了門，於此同時，我的筆也落在了安宇的靈台之上。

最後一個符紋畫完，我扔下筆，趕緊倒退了幾步。

屋裡陷入了一種短暫的安靜狀態，而我片刻也不敢耽誤，只是瞬間就開了天眼。

天眼一開，我第一眼就看見，一團紅色的霧氣包圍了安宇的腦袋，掙扎得十分痛苦，像是慢慢地在被往外擠，再下一刻，天眼的狀態穩定了，我看見一個皮膚呈一種怪異鮮紅色的嬰兒正從安宇的腦袋裡爬出來。

而它的樣子十分的恐怖，或者說是表情非常的恐怖，兇狠而猙獰。

我心中暗歎，千算萬算，竟然算漏了一著，是我的失誤，也是安宇註定該有一場劫難。

面對如此兇狠，皮膚已經呈鮮紅色的嬰靈，我知道已經沒有任何超渡的可能了，靈體一旦被怨氣完全地控制，它的本質其實已經是怨氣了，最多只能回復短暫的清明，接下來就是魂飛魄散。

就如當年的李鳳仙一樣！

我不知道那個設局之人，是用何種狠毒的方式來處理了這個嬰靈原本的屍體，讓它變成這個樣子，但在心裡還是忍不住罵了一句。

當嬰靈完全爬出了安宇身體的時候，我的手訣已經掐完了，這一次是不能留情的，我掐的是師傅曾經施展過的金刀訣，金刀訣一出，往往靈體就沒有生還的可能。

我的功力沒有師傅高，控制力也沒有師傅好，當靈體在活人身上的時候，我是不敢施展這金刀訣的，只能想辦法把它逼了出來。

那嬰靈一爬出來，就速度飛快，發出貓叫一般的聲音朝我撲來，而這時我的金刀訣也狠狠地落下了……

幾秒鐘過後，我收訣倒退了幾步，金刀訣對功力的消耗太大，我也勉強施為，所以手訣之後才會站立不穩。

我也不知道是不是我的錯覺，或者我情願相信這是真的，當金刀訣斬到那個嬰靈的瞬間，我彷彿看到它在破碎的同時，臉上有了一絲解脫的表情。

或許，魂飛魄散也不是最壞的結局。

我大口喘息著，然後靠著牆坐下來了，不到一分鐘，床上的安宇就發出了呻吟的聲音，看來已經是慢慢地在恢復了。

我點燃一枝香菸，剛想叫酥肉上來，卻聽見外面傳來了一聲悶哼的聲音，我一下子想到了什麼，忍著疲憊，趕緊跳起來，跑到窗前，拉開了窗簾。

這時，我看見了一個年輕人的背影，我沒有控制住，大聲喊道：「你站住！」一喊了之後，我就覺得糟糕了，可沒想到他根本沒有跑，而是轉身朝我望來。

第二十三章 宣林

那一刻，我看清了那個男人，確切地說應該是男孩子的長相，他顯得很年輕，不過二十出頭的樣子，整個人很是消瘦，一張臉很清秀，戴著眼鏡很是斯文，就是臉色異常蒼白。

他望向我的目光很平靜，連一點情緒的起伏都沒有，我們就這樣對望了一秒左右，他忽然笑了，笑容有些慘澹，然後說出了三個字：「可惜了。」

我心裡知道這個年輕人十有八九就是佈局之人，我自己也對這個殘忍的設局非常厭惡，可不知道為什麼我對這個年輕人不討厭，面對他說出可惜了三個字，我愣了一下，然後才說道：「你就在那裡等著我，我馬上下來。」

他還是那副異常平靜的樣子，也只說了三個字：「我等你。」

我深吸了一口氣，讓自己的心情儘量平靜下來，然後轉身衝下樓，在樓下，酥肉在沙發上有些神色不安地等著我，他看著我衝下樓，一下子喊道：「三娃兒，事情搞定了沒有？」

「沒事兒了，你上去看著安宇吧，他快醒了，我有急事先出去一下，你就在屋裡等我。」我一邊快速地下樓，一邊對酥肉說道。

酥肉張了張嘴，還想問點兒什麼，可看我匆忙著急的樣子，他終究沒有問，只是答應了一聲就上樓了。

我跑到門口，剛一開門，就看見那個年輕人已經走到門前等我了，我喘息未定，他卻望著我說道：「是你破了我的局吧，真厲害。」

這時，我的呼吸也終於平靜了下來，望著他說道：「這種局那麼殘忍，差點害死一個孕婦，你怎麼下得了手？」

他幽幽地說道：「這只是意外，自始至終我都只是針對一個人而已，如果成功的話，他的運勢會衰敗到極點，他會一無所有，然後被他『兒子』結束掉生命，你說這樣多完美？」

我有些難以置信地看著他，怎麼可以用這樣平靜的語氣訴說如此殘忍用心的一個局。

沉默了很久，我才說道：「你認為你逃得掉？」

「我為什麼逃不掉？我觸犯了法律嗎？是哪一條法律規定不許將嬰兒的屍體埋在牆裡？或者說你會用你的道家理論當證據上法庭？」他搖搖頭，接著說道：「你很厲害，可你不會那麼天真吧？」

是啊，這種設局不著痕跡，根本不可能拿他怎麼樣，我說他逃不掉確實是有些天真，但這天真也只是相對世俗的懲罰而言，我相信在天道之下這絕對不是天真。

面對我的沉默，他歎息了一聲，說道：「我其實隱約知道，國家或許有監管這些事情的部門，不過管的都是大事兒，像我這種小事兒，應該不會有人管吧？或者你是那個部門的人？」

我無語地看著他，敢情他還向我打聽起消息來了？沒想到布出這麼陰暗之局的人還挺健談的。

「或許吧，國家的監管部門不會理會你。但據我所知任何害人之術，都是有代價的，無論成功還是失敗。最起碼也會折壽，我想你還是好自為之！按照規矩，做局施術害人一般只能做一次，不管成不成功都沒有下次了，再有下次，必然失敗！而且代價極大！這是懂行之人都知道的一點兒潛規則，你走吧。」我的話已經說得很明白了，其實我犯不著為安宇去懲罰他，安宇是什麼人我也清楚，我相信他已經付出了代價，而我本能地不厭惡他，是一種直覺我不想懲罰他。

但我說完，我又想起了一件事情，我接著說道：「你的局害死了一個無辜的嬰兒，他的靈魂被其中一個嬰靈拘禁了，原本我想找不到設局之人，就把它超渡了。既然我已經找到你，你種下的因，你來還果，對你和它都好。你能布置這個局，也是懂行之人，我想你不會拒絕吧？」

他用一種無奈的神情望著我，說道：「我拒絕。」

「為什麼？」他如果超渡了這個嬰靈，對他自身只有好處，沒有壞處，我不知道他為什麼會拒絕。

我很確定自己這一次不是心軟，是我相信自己的直覺，我直覺這個人並不是壞人，或者陰毒之人。所以，我本能地想為他留一線。

面對我的問題，他又笑了，說道：「你還真是一個好心的道士，這裡也不是說話的地方，我們換個地方說話吧。」

我點頭說道：「你等我去跟朋友說一聲。」

「好！」

我回到安宇臥室的時候，安宇已經醒來了，精神上十分萎靡，對於發生的事情他的記憶有些模糊不清，但這是正常的表現，我對酥肉說道：「弄點兒白開水給他喝，待會兒等他清醒點兒了，你就讓他自己叫人來照顧吧，你有事就先走啊。」

酥肉問道：「三娃兒，你要做啥去啊？」

「我這邊有點兒事情要處理，等處理完了我會詳細跟你說是咋回事兒的。」我和酥肉之間不需要客套，我很直接地給酥肉說道。

「好吧，那你先去，估計這小子等會兒也就清醒了。他這兒有吃的有喝的有玩的，我多待一會兒也沒啥。」酥肉看出我是確實有事兒，答應得很乾脆。

這也是十幾年兄弟的默契吧，我拍拍了酥肉肩膀，這是我們表達感情的一種方式，然後才轉身走了。

下樓後，那個年輕人果然在下面等我。

如他所說，這裡確實不是說話的地方，我直接和他去了附近的茶樓，要了一個包間，待到兩杯清茶送上來的時候，我們之間才再一次地打破沉默。

首先說話的是他，他對我說道：「你說我懂行，我其實也不太懂行，至少我就不知道你是做什麼的，能破我這個局。」

「陳承一，我是一個道士。」我很直接。

「我叫宣林，是一個學生，醫科大學的學生。」我的坦誠換來的是他的坦誠，他也非常的直接。

儘管對他的年齡有所預料，但我還是震驚了，我真沒想到他還是一個大學生。

面對我的震驚，他扶了扶眼鏡，慢條斯理地說道：「我今年在實習了，如果順利的話，明年我就該畢業了。你看到的那些小孩兒屍體，就是我利用這個便利，用了一些手段弄到的。你也知道，現在年輕孩子打胎的人多，其實要弄到也是很方便的……」

其實我不關心這些孩子屍體的來源，如果有心，怎麼可能收集不到，我一開始只是好奇他會對我說什麼，因為我雖然對他沒有討厭的感覺，但絕對說不上朋友。

但是，我現在關心的是，他為什麼會這樣惡毒的邪術，事情的來龍去脈到底是怎麼樣。

我沒說話，只是靜靜地聽著，我知道他可能有許多話要說吧。

果然，他只是停了一下，然後從上衣兜裡拿出一張類似於診斷證書的東西放在了桌子上，問我道：「你看得懂診斷書嗎？我的壽命樂觀的話還有三個月吧。」

只有三個月了？我忽然心裡湧出一種說不上的感覺。

「三個月只是樂觀估計的情況，事實上或者更短也說不一定。在做這件事情以前，我就查出自己有病，就如你看見的，是肺癌，但是是早期。我沒想過治，我也治不起，如你所料，做這件事情是有反噬的，做了之後我的腫瘤急劇惡化，你看見的是我最新的檢查結果，而且我知道我的身體中流失了什麼東西，已經徹底垮了，或許我明天就會死呢？」他的神情異常的平靜，說這些事情的時候，彷彿不是在說自己的事情。

「那你為什麼還要去做？而且為什麼又要放棄治病？」我追問道，也不知道是為他可惜，還是在為他歎息。

「呵呵，我那麼短壽，也算是我家世代的報應吧。至於我為什麼要去做，為什麼會這些邪術，你一定很好奇吧？要不要聽一個故事？而且我會給這個故事一個結局。」宣林淡淡地說道。

給這個故事一個結局，什麼意思？我心中有一絲不安，我決定聽他說下去。

第二十四章　宣林的故事(1)

估計是看出了我的疑惑，沒等我發問，宣林就說道：「你聽我講下去就好了，什麼都別問。」

面對這個生命最多只剩下三個月的年輕男孩子，我沒辦法不尊重他，於是點點頭，表示我會認真地聽他講下去。

茶几上，熱茶的青煙裊裊，宣林竟然不顧忌他的肺癌，問我要了一枝香菸，結果抽到第一口就開始劇烈地咳嗽，蒼白的臉上也泛起一種病態的潮紅，他並不介意地望著我斯文的一笑，然後開始了他的講述。

「我是七八年生的人，家鄉是一個你可能根本沒有聽說過的地方，而我所在的村子，是那個偏僻的地方更偏僻的所在，你無法想像我們那裡有多貧窮……」宣林有一些氣短，可這不影響他用一種溫和平靜的語氣敘述往事。

在宣林的敘述中，我的眼前展開了一幅畫卷，畫卷上是一個貧瘠的村子，而那時的我根本就沒有想到，我無意中聽來的一個故事，竟然蘊含了一條關於我師傅的重要線索。

宣林出生的那個村子姑且就叫做石村吧，因為這個村子最明顯的特徵就是石頭多。

周圍的山是石頭山，周圍的山谷平地底下也是堅硬的岩石，因為可以耕種的地根本就沒有多少，所以這個村子異常的貧困，是那個出了名的貧困縣所管轄的村子裡最貧困的一個村子。

宣林就出生在石村，那一年是七八年的夏天。

在這樣的村子裡，孩子們上學是一件奢侈的事情，且不說錢的問題，就算最近的小學都隔著石村十幾公里，況且那個所謂最近的小學也只是全校間僅有四十幾個孩子的貧困小學。

這就是石村上學的奢侈之處，就算父母能不在乎勞動力，和極少的課本錢讓孩子上學，孩子也得早上四點鐘就起床，翻山越嶺幾個小時才能到達學校。

所以，在這裡的孩子沒有上學的概念，小時候就一個個在野地裡跑著，到了一定的年紀，就開始分擔家裡的活兒，然後長大，然後結婚生子，然後重複這樣的生活……

受到環境的影響，宣林認為自己的人生也該是如此，這不就是石村人的生命節奏嗎？可事實上，不是這樣的，五歲那一年，宣林被他的父親帶出了大山，也不知道花費了什麼樣的代價，讓他寄居在了縣城一個人的家裡，並且讀上了縣城的小學。

那個時候的宣林還小，並不知道這樣的手筆對石村人意味著什麼，他只知道，他的生活開始和父母相隔得很遠，遠到每年只有在寒暑假盼望著父親接他回家，回石村！

為什麼會那麼盼望？是因為他寄居的人家，和他家並沒有什麼親戚關係，只是父親早年在縣城認識的一個人，對他算不上好，或者說已經算是近乎苛刻，一個小孩子脆弱的心靈顯然承受不來這些。

他不知道父親每一年會給這個人家多少錢，他只知道他逃不了，他試過幾次，從那個人的家裡逃跑，或者從學校逃跑，但每一次，最多幾天，就會被石村趕來的父親逮回去，然後狠狠地打一頓。

「其實我能跑到哪兒去呢？一個小孩子沒錢，也不認識路，只能在那個貧困的縣城晃悠。這一段往事，中間的辛苦我忘記了，」宣林露出他招牌似的斯文笑容，接著說道：「我只記得，我從小缺乏溫暖和安全感，而分外敏感的性格就是這樣造成的。」

是啊，這樣的往事的確能造成這樣的性格，而這樣的人也比較極端，在遇見溫暖以後，會看得格外的重，承受不起失去的代價。

宣林最後一次逃跑是發生在小學四年級，這一次他被父親逮到後，破天荒地沒有挨打，父親只是沉默著，鐵青著一張臉把他帶回了石村。

他以為他解脫了，但事實上，他一回到石村，就被父親吊在家門前的那棵大樹上，用麻繩狠狠地抽打了一次，那一次父親下手分外地狠，狠到他後來幾乎已經感覺不到疼了，有的只是想儘快昏過去的想法。

最後，是他的爺爺解救了他，把他帶進了屋子，告訴他了一些話。

太具體的宣林那時候不懂，那個時候的他只是懵懂地懂得自己家裡以前是很風光了，但是出於特別的原因，只能安家於這貧困的小山村，已經過了好多代人了。

家裡不想繼續這樣下去了，所以他是帶著整個家裡走出石村的希望去上學的，不上學沒有辦法改變貧窮且乏味的石村命運，不是嗎？

爺爺告訴他，那家的人已經不耐煩了，期望他這是最後一次逃跑，否則他面對的命運就是住在大街上，也要把小學讀完。

「知道嗎？家裡藏著的最後一塊金子都準備花費在你身上了，你一定要把這書讀下去！爺爺不是不知道你在那家人裡受了委屈，可你得忍著，你是男孩子，你只有學會忍耐，你才會一飛沖天。」爺爺說這番話的時候，咳嗽得分外厲害，但那拐杖卻一次又一次重重地杵在地上，也杵在了宣林幼小的心靈上。

所以他不再逃跑了，所以他認真讀書了，所以儘管年紀小，敏感的他也第一次意識到了自己的家，好像和石村普通的人家有什麼不同，好像隱藏著一個巨大的祕密。

可是宣林沒問，也沒告訴別人什麼，因為他畢竟太小了，有些事情上升不到小孩子會在意的程度。

時光匆匆，改變了很多人，很多事，卻彷彿改變不了石村。

那一年宣林十六歲了，已經是縣城裡重點中學高二的學生，他從初中開始就已經擺脫了那個寄居的人家，並且用優秀的成績獲得了學校減免住宿費、學雜費之類的費用，這是好的改變，這讓他相信奮鬥的力量。

可是，這一年暑假回到石村的時候，他發現自己很難看到這種改變的力量，這個村子彷彿能把人的活力、創造力和對世界的新鮮感全部桎梏直至消亡，他覺得真的應該帶著家人離開這裡。

這樣的想法猶如雜草一樣在他心裡瘋長，他幾乎是廢寢忘食地計畫著，自己應該做些什麼，怎麼做，才能帶著家人離開這裡，而在計畫這些事情的時候，他也終於想起了四年級時的往事。

想起了自己的家好像是不一樣的，想起了自己家曾經拿出過一塊金子，想起了自己曾經猜測家裡好像有一個巨大的祕密……

他原本想按捺住不去問的，他是一個懂事的孩子，知道大人不說，小孩子就不要問，可是他越仔細地觀察細節，越覺得家裡處處充滿著與眾不同的怪異。

首先是繁複的規矩，在家裡吃飯有固定的規矩，睡覺有固定的規矩，禮貌上有固定的規矩……而這些規矩，讓已經有些見識的宣林意識到這可不是一個小山村的村民家庭可以在意，並堅持的事情，何況這些規矩並不是什麼愚昧的規矩，反倒頗有些大家風範。

另外，宣林注意到自己那個滄桑的，彷彿沒有讀過書的父親，在言談中也並不粗鄙，在宣林好幾次刻意的試探中，還能感覺自己的父親好像對歷史，對一些古時候儒家的思想很是在行，見解甚至比自己還深刻。

終於宣林再也忍不住了，在一個悶熱的夏夜，宣林藉口散步，和父親走到了一條小溪的邊上，就是在這條小溪的邊上，父親對宣林坦白了一個天方夜譚般的家族歷史。

也就是在這條小溪邊上，父親說，宣林是應該繼承家族的手藝了。

第二十五章　宣林的故事(2)

「我家族的手藝是一門很奇特的手藝，是關於建築的，你說它是風水術，不是的，說它是道術，也不是！簡單地說，這種手藝是建築工人的手藝，嗯，是建築工人隱晦的手藝，可以通過在一定的地方埋藏一定的物體，或者改動一些建築的細節，然後對這房子裡居住的人起到一定的作用。」宣林抿了一口清茶對我說道。

「就如你在安宇寫字樓裡設的局？」我問道。

「是的，那幾乎是最惡毒的一個局了。其實這門手藝在過去民間有很多人會，當然有些人只是懂一些皮毛，不見得會起什麼作用。我們家族算是真正的正統傳人吧，關於我們的傳承還有一個故事，有些匪夷所思，這也涉及到我們家為什麼會隱居在石村，我會不會太囉嗦了，說了半天都沒有說到重點，你要聽這個故事嗎？」宣林問我。

「聽啊，其實我從小就是一個好奇的人。」這話不假，不是因為好奇，我又怎麼會闖到餓鬼墓裡去呢？

宣林點點頭，開始繼續訴說。

宣林的父親終於對宣林坦白了一切，他告訴宣林，就算他不問，在這個暑假結束的時候，他也會告訴宣林這一切，只因為宣林已經十六歲了。

可是當父親講述完以後，宣林卻愣住了，他很想問父親是不是在編故事？可是他問不出口，如果父親只是一個普通的石村村民，他斷然編不出這樣的故事。但如果他不是一個普通的石村村民，他們又何以會淪落到石村呢？

宣林想起了家裡種種不平凡的地方，想起了過世的爺爺那番話，他心裡直覺這些事情，還有那神奇的手藝恐怕都是真的。

只是接受了十幾年科學教育的他，要接受消化這些事情還是需要時間。

這一夜，宣林失眠了，他反覆地想著父親給他說的話。

「其實我們很早以前的祖上只是手藝人，說白了也就是修房子的匠人，雖然技藝精湛，可也沒有多大的財富和地位。

後來，我們家族卻開始興盛了，厲害的時候，當朝的宰相也會找我們家建房子。

而這一切興盛的開始，根據家族歷史的記載，是從明朝萬曆年間開始的。

在這裡涉及到我們在明朝的一個祖先——宣藝，就是這位祖先帶來了家族的興盛，原因是他學習到了這門神奇的手藝，幾次的成功下，讓他有了偌大的名聲，然後也就帶來了家族的興盛。

至於這門手藝是哪裡來的，我們家族歷史的冊子上並沒有記載，而是一個口耳相傳的祕密，到了今天我傳給你了，那就是我們那位老祖宗是在神仙那裡學到這門手藝的！」

「神仙？」當宣林講到這裡的時候我的心狂跳了起來，也忍不住喊了起來！明朝，又是一個讓我敏感的年代！

我自然地就把這件事情和我師祖的事情聯繫在了一起，我怎麼可能控制得住。

面對我失常的反應，宣林沒有多大的震驚，他笑著說道：「你也覺得匪夷所思吧？家裡是這樣流傳的，說是我那位祖先失蹤了一年，回來之後就會了這門手藝，他在臨死前透露，說是他失蹤那一年，其實是莫名其妙在一個晚上到了神仙的地方，只是待了一段很短的時間，他也說不上來是多久，或許很久，但感覺是很短的時間。然後他四處轉悠，發現一個石碑，神奇地就知道上面寫些什麼，看了之後，就會了這門手藝。」

說完，宣林看著震驚的我，笑著問我：「是不是覺得很震驚？其實我們家族自己也不相信這個話，我們分析的是，在那一年裡，我們那位老祖先遇見了一個民間高人，教會了他這門手藝。」

我的手有些顫抖，為了避免宣林看出異樣，我把手放進了褲兜裡，然後才故作輕鬆地問道：「呵呵，你們老祖宗就沒說他到了神仙的什麼地方啊？」

「說了啊，他說他知道他在昆侖，是不是有些扯淡？」宣林平靜地說道，顯然他絕對不會把這個傳說當真。

「啪嗒」一聲，我一個激動不小心碰翻了桌上的杯子，這昆侖兩個字像是一根羽箭，正射中了我的心，我根本就淡定不了了，可是我不能對宣林說這些，我深吸了好幾口氣，才對宣林說道：「你知道我是一個道士，一下子聽到昆侖，難免覺得太神奇了，我說不上信與不信，我就是覺得太神奇了。」

「是啊，我聽見不也覺得很神奇嗎？可是那只是一個傳說而已。總之，我們的家族因此而興盛，也因此而衰敗，主要就是因為太貪了。」宣林不在意地轉移了話題。

而我努力控制自己不去想昆侖的事兒，然後才問道：「怎麼了？」

「大概是因為貪圖巨額的銀兩，做了一個人神共憤的局，直接讓一個村子的人都死光了，然後我們家族在那一次也死了很多人，原因不明！到最後興盛的家族，幾十個男丁只剩下了兩個不參與在其中的。」宣林這樣說道，畢竟是久遠的往事，他說起來並沒有多大的壓力。

而我和他都心知肚明，這絕對是天道的反噬。

「其實，宣藝祖宗對於我們這門手藝是留下了很多規矩和限制的，可能日子一久，也過得太好，人狂了，也就忘了這些祖訓！在那一次劫難之後，我們家族就衰敗起來，做什麼都不順利，孩子一出生也是早夭，直到後來，遇見了一個雲遊的道士，那道士才說道，我們家種下的冤孽太深，因果太重，已經遭受到了天道的詛咒，如果還想延續家族，就必須散盡家財，然後再尋找一個偏僻貧窮之地，世世代代隱居起來，不再動用這門手藝，才可逃過一難。」宣林繼續說道。

「那你們家照做了嗎？」我想這種要求，一般的家庭也不會照做吧？

「一開始當然是沒有，後來也算是吃足了苦頭，家族的傳承都要斷掉之後，才病急亂投醫地試著做了，沒想到從那以後，反倒安寧了，於是就紮根在那裡了，也就是紮根在了石村。怪不得那道士曾經說過，天道仁慈，總是會給人留一線生機，要與不要只是人自己的選擇罷了。」宣林苦笑著說道。

我心有戚戚焉，是啊，要與不要，真的只是人的選擇而已。

沉默了很久，我開口說道：「但是你們家始終捨不得丟了這門手藝，還是一代一代地傳承了下來。再後來，在石村待久了，心思也開始活絡了起來，覺得天道的詛咒差不多該結束了，就想著走出去了，是嗎？」

「是啊，但只是想走出石村而已，沒想過再動用這門手藝。」宣林這樣對我說道。

「想法是美好的，但以後的事情誰能保證？就如你們家族曾經鼎盛，照樣會因為後代止不住貪欲，忘記祖訓，弄到差點家族滅亡的地步啊！而且，你不是也動用了這門手藝嗎？」我說道。

宣林沉默了，他顯然是在思考我的話。

過了許久，他才說道：「你也許說得對，誰能保證以後的事情？但請你相信，我原本是不打算動用這門手藝的，可是我反正也患上了絕症，最重要的人也失去了，我怎麼能任由安宇這種人渣繼續在世間逍遙呢？與其這樣，我不如付出我生命的代價，來換一個結局。」

這是宣林第一次激動，我也不知道說什麼好，畢竟我幫安宇破了這個局，也算參與了這件事，儘管到最後，我破局的最大原因是，這個局太過狠毒，已經牽涉到無辜的人，不得不破。

而且在我眼裡，安宇的事情其實只是財色交易，雙方願意的事兒，絕對不高尚，但在這個社會你能說它是惡毒嗎？不能！就如有光明，就必然有陰暗，自古這樣的事情就存在，否則也不會有青樓這種存在。

只是這樣的事，何以讓宣林賭上了自己的性命？

「要聽完這個故事和結局嗎？」宣林忽然對我說道。

第二十六章　在有生的瞬間能遇見你

面對宣林的問題，我點了點頭，雖然我心裡記掛著昆侖的事情，可是我也很想知道是什麼事情，讓這樣一個斯文、堅韌，有著夢想的年輕人做出這樣瘋狂的決定。

我相信絕不可能僅僅是因為患了病！

「再給我一枝菸吧。」宣林倚著沙發，沒有急著講述，而是再次問我要一枝菸。

我摸出一枝菸，有些猶豫地問道：「你的病，再抽行嗎？」

宣林一笑，從我手裡拿過了菸，答非所問地說道：「知道我為啥會跟你一個幾乎說得上是陌生人的講那麼多嗎？因為你這個人挺善良的，善良得有些傻吧。你看，我明明不是你朋友，在某種角度上還算得上是敵人，你還關心我要不要抽那麼多菸，你還讓我去超渡什麼靈魂。」

我無言地笑了笑，面對別人這樣說，我能說什麼，難道說我憑感覺來的嗎？

宣林深深地吸了一口菸，然後重重地咳嗽，臉上再次浮現出那種病態的潮紅，接著他才說道：「我這個人沒有什麼朋友，也不知道是因為我窮，在大學裡交不起朋友，還是因為我對陌生人有天然的抗拒，總之就是沒有什麼朋友，對你感覺對了，就逮著你說了，或者你當我再不說也就沒機會說了，交代後事吧。」

我再次無言，其實面對宣林，我發現自己無言的時候挺多的，我知道那是因為我對面坐著的是一個生命即將消逝的年輕人，說什麼安慰都顯得虛偽，表現什麼情緒都顯得多餘。

「我在大學沒有什麼朋友，唯有一個人，她既是我的學姐，又是我的朋友，還是我……我的愛人，她叫呂婷。」在升騰的煙霧中，宣林再次開始了講述。

宣林進入大學的時候，是在十七歲。

因為小學讀得較早，所以進入大學的年齡也就相對很小，和別人帶著夢想進大學不一樣，宣林是帶著沉重的責任和負擔進大學。

那就是他要將家人帶出石村。

在那個驕陽九月，當宣林拿著錄取通知書第一次站在大學門口的時候，宣林看見那些或青春飛揚，或興高采烈的新生，第一個感覺就是他將會和這裡的同學格格不入吧。

事實上，宣林的感覺沒有錯，在接下來的時光裡，他確實和這裡的同學格格不入。

格格不入的理由或許不是他打著補丁的衣服，也不是他那土得掉渣的解放鞋，只是他那來去匆匆的身影，和孤僻沉默的性格。

這也許也怪不了宣林，他從進大學的第一天起就要為欠下的學費和未來的生活費而奔波，他哪裡有什麼時間參加任何同學們的活動，或者接受同學們的邀請？

但是宣林骨子裡是想融入這裡的，他也曾經努力過。

那是在還清欠下學費後的一天，他拿著打工剩下的多餘的錢，回到了寢室，開口邀請寢室的舍友吃飯，在那個時候，他看見了舍友們婉拒而疏離的笑容，他才知道，他是徹底地融入不進去了。

所以，宣林死心了，他以為他的大學就將在孤獨的色彩下過下去，直到呂婷的出現，終於為他孤獨而陰霾的大學生活帶來了一絲陽光。

宣林和呂婷相遇是在一個下著大雨的下午。

在學校的一個露天長廊裡，宣林打工回來，一身狼狽地想要衝回宿舍，然後撞上了撐著傘的呂婷。

他禮貌地說著對不起，並扶了她一把。

而在她那邊卻傳來了一個疑惑的聲音：「是你？」

是你？這樣一個普通的問句，在宣林聽來卻是如此的疑惑，他不認為他在這所大學裡和任何人有交集，當得起是你這樣兩個字。

所以，當宣林抬起頭，看見那張清秀而陌生的臉時，心中充滿了疑惑。

「你新生入學的時候，是我帶你的啊。你忘記了？我說我叫呂婷，是你的學姐。」那女孩子說道。

入學？入學已經是大半年以前的事情了，每天忙碌的宣林怎麼可能還記得？經這個女孩子一提起，他才想起來了，記憶中依稀有這麼一張臉。

不太習慣與人接觸的宣林，也不知道怎麼去回這個女孩子的話，最後只能匆匆地紅著臉，叫了一聲學姐好，便狼狽地逃掉了。

在雨中的那一個下午，可以匆忙地逃避掉。

但是在人生，屬於你的緣分，不管是好是壞，終究是逃避不了的。

那一個下午的相遇，像是打開了一把祕密的鎖，從此宣林和呂婷開始在學校裡經常相遇。自習的教室，安靜的圖書館，吃飯的食堂，乾淨的校園小道……

這一次次的相遇，就如同催化劑一般催熟著宣林和呂婷，他們開始互相打招呼，後來會聊兩句，再後來聊得越來越多，直至最後呂婷的笑容就在宣林心裡揮之不去了。

很普通的，愛上一個人的過程，但那個愛在宣林心裡卻種得比誰都深，比誰都重！

終於，已經知道呂婷宿舍在哪裡的宣林，製造了一場不是偶然的相遇，在那個下午，他在呂婷的宿舍門口等到了呂婷。

「我請妳吃飯吧？」說這話的時候，他的心跳動得很劇烈，他怕聽到拒絕，那樣的話，他就再也鼓不起勇氣，邀請第二次，甚至在以後他都再也鼓不起勇氣和她打招呼了。

「嗯。」只是靜默了一秒，呂婷就答應了宣林。

這是一對互相有好感的年輕人，他們需要捅破的不過是一層窗戶紙，呂婷等到了宣林。

那一頓飯，吃了很久，直到已經拖延不下去的時候，宣林磕磕巴巴地跟呂婷表白了，而呂婷也就順理成章地接受宣林。

他們戀愛了。

可是因為宣林窮，呂婷家裡的條件也極其一般，他們的戀愛簡單到極點，沒有玫瑰花，沒有燭光晚餐，沒有漂亮的衣服，甚至連一場電影都沒有。

他們能選擇的方式極其有限，那就只是在月光下的校園小道上一圈又一圈地走。

但是貧窮又怎麼能遮蓋住愛情的光芒？他們都很滿足，滿足到就算一起吃一個包子，喝一袋豆漿都很幸福，那不比昂貴的大餐差——因為愛情。

而他們最愛做的事情是憧憬未來，因為他們都是醫科大學的學生，只要肯努力向上，未來一定可以改變的。

「等畢業前，我就會考取研究生，研究生有補助，加上我打工，就會輕鬆很多。等我研究生畢業以後，我就會以最好的成績去找一個好醫院上班，然後就娶妳。」這是宣林的承諾。

「嗯，我相信你，你是我的潛力股啊，我等著你呢。」這是呂婷的承諾。

愛情在貧窮的他們身上發出了最耀眼的光芒，在那個時候是宣林前行的一切正能量，他仰望天空的時候，總覺得未來的幸福觸手可及。

如果，安宇沒有出現的話。

說完這句話的時候，宣林眼中帶著淚光，這是我第一次看見這個平和安靜的男孩子流露出如此大的情緒，其實我從宣林的敘述中可以感覺到，在他孤僻而孤獨的人生裡，大學生活裡，呂婷真的是他的一切。

「不好意思。」他取下眼鏡，輕輕擦了擦眼角，然後說道：「接下來，你要聽下去嗎？可惜我已經不想講了，一個惡俗的故事而已，一個女孩漸漸變得虛榮，漸漸男孩子不能滿足她了，因為除了最真的愛情，男孩子什麼也不能給，可惜那時她想要的已經不是愛情了，是名牌的衣服，包包，是可以出入高檔場所，你說，我用什麼來滿足？如果我的命能換來錢的話，我願意。」

我沉默著，心裡只有一個念頭，感謝我在有生之年，遇見的是如雪。

彷彿是默契一般，宣林忽然慘笑著說道：「可就是這樣，我也感謝，在有生之年能遇見她，那一段是我人生最幸福的日子。」

第二十七章 這個結局

「我不想說我們分開的過程，每回憶一次，就如同鈍刀子在心裡割一次。」宣林又拿出了一枝菸，我阻止了他，可他擺擺手，說道：「讓我抽吧，總之我抽與不抽，我的生命也已經快結束了，何不痛快一點兒？」

我收回了手，忽然皺著眉頭問道：「你怎麼會得肺癌的？是因為你決定設局嗎？」

「那倒不是，雖然我不能肯定是不是和我離開故鄉，不安分了，所以受到了詛咒有關，但我能想到的原因，也只有呂婷。她離開以後，我每天要抽三包菸才能勉強平靜下來過日子，你知道的，我沒什麼錢，抽的也是劣質菸。」宣林笑著對我說道，很輕鬆的樣子。

這個年輕人的笑容無疑是好看的，可是背後有多苦澀，我都無法揣測。

「那你後悔嗎？弄到現在這個地步。其實，你可以有很好的前途，感情也未嘗不可以再有。」我勸說道。

宣林輕輕搖搖頭，說道：「我不後悔，我甚至很滿足，在我有生之年能達成最後一個願望。」

我皺了皺眉頭，問道：「什麼意思？」

「知道嗎？一個人最難走的就是回頭路，特別是在他已經適應了新的路以後，他也就回不去了。」宣林再一次答非所問地回答道。

他停頓了一下，又繼續說道：「呂婷就是如此吧，她跟著安宇過了一段日子，後來安宇厭倦她了，就給了一筆錢打發了她。那個時候，她找到了我，我以為是她後悔了，醒悟了，我是真的準備重新接納她的。可事實上，她只是懷孕了，需要我陪著去打胎。」

「然後，那個時候你就準備了那個計畫？」我問道。

「還沒，我只是痛心，於是我對她說，妳在手術以後，就好好回學校上課吧，如果妳願意，我未來對妳的那些承諾都還是算數的。可是她卻告訴我，她因為缺課太多，已經被學校通知要開除她了，原本安宇說能幫她搞定，可現在安宇只給了她一筆錢，就不再提這回事情了，她，她說她沒有辦法就這樣回去，她要賺很多錢回去，才能抵消大學被開除的過錯，她說如果她帶著很多錢回去，說是輟學做生意來的，父母一定會開心的。」宣林有些苦澀地說道。

「然後呢？」

「然後我就聽她說，打胎之後，她要跟著另外一個人，是安宇介紹的，那個人差不多快五十歲了吧，但她不介意。我沒有辦法阻止她，我只知道她已經回不去了，她也毀了，我無法形容那種心痛！可那時我還沒有下決定……」說著，宣林吸了一口菸，表情也顯得很痛苦，過了好一會兒才說道。

「真正讓我下決定的原因有兩個，那時呂婷打胎定在一個星期以後，因為那種小診所的生意太好，她就排在一個星期以後，在這一個星期裡，我又一次看見了安宇出現在我們學校裡，那次從他車上下來的，是另外一個女孩子。這是第一點。第二點，非常偶然，是我打工的地方要求體驗，然後我忽然接到了體驗單位的通知，要求複查，在那個星期裡，我得到了肺癌的診斷書。你知道的，他毀掉了一個女孩子的一生，也毀掉了一個男孩子最愛的人，還有他們共同的夢想，可是他……」宣林沉默了。

其實就算不說什麼，我也知道，安宇真的給夠了宣林動手的理由。

這個故事很爛俗，很狗血，可是真他媽的現實，可悲的不是他們，是這個社會吧，金錢已經凌駕於一切之上，甚至是人類最美好的感情——愛情。

茶已經冷掉了，我一時也不知道說什麼。

在宣林的故事裡，我已經沉默太多次了。

「陳承一，現在是講結局的時候了，在講之前，先和你說一句對不起，因為你的心血可能要浪費。」宣林這樣對我說道。

「什麼意思？」我心底的那股不安又冒了上來。

「在我所設的局裡，還暗藏了一道機關，那是一道詛咒，沒有辦法可以破解，從最後嬰靈上了安宇的身以後，詛咒已經纏著他了，能讓他淪落倒楣到什麼地步，我也不能預計，但我知道那是一定有效果的，所以你很辛苦，也沒能救安宇。這就是結局，我終於報復到了他，為我，為呂婷。」宣林平靜地對我說道。

我恍然醒悟，怪不得我滅了最後一個嬰靈的時候，宣林如此平靜，因為他要做的已經做到了。

過了很久，我才開口說道：「這也算安宇的報應吧，我辛苦不是為了救他，只是為了破局，這才是我該做的事情。」我沒撒謊，至於宣林能不能理解，就看他自己了。

他笑了，然後說道：「我知道你是一個好人，你說一個好人怎麼幫著讓一個壞人享盡福氣，喜樂平安呢？」

「這個世界也許不能單純地用好與壞來定義，只能說誰都有誰的路，好人、壞人也許有不得不交集、有彼此想幫的理由，唯一不同的是，無論他們再怎麼交集，心是不同的。」我說出了這番話，可是我自己也不是太能理解自己話裡的意思。

「答應我一件事，好嗎？」宣林忽然說道。

「你說。」

「我如果快不行了，我會通知你，在我死了以後，你去找一次呂婷吧，看看她過得怎麼樣，然後我想你再去勸勸她，但你別說我已經死了。」宣林說這話的時候，很平靜。

我心裡有一種說不出的悲哀，喝了一口冷茶，我才說道：「我儘量去做到，但我也有一個要求，我會去一次石村，我需要你們家的一些資料，我不想瞞你，昆侖是我一直在探索的事情，那關係到我很重要的一個人。」

出奇的是，宣林沒有任何的好奇心，他很平靜地說道：「好吧，反正我死掉了，我們家也絕後了，我擔心父母老無所依，我們是有一些古老的東西，我會說服我父母拿出來，但你可不可以幫忙負擔一下我父母，哪怕送進老人院？或者，最好的辦法是，讓他們有一定的錢安度晚年，能請村子的人照顧他們到死就可以。石村生活不要多少錢的。」

「沒有問題。」能用錢解決的事情，的確沒有問題。

我很想說，我的錢換不回他們的兒子，可是我終究沒有說，沒有必要再傷害這個可憐的孩子。

至於安宇，我無意去點醒他什麼，沒有不可以破的詛咒，就如有陰就有陽一般，如果他以後能收斂，多做善事，多積聚正面的能量，詛咒的效果會低很多。

但是人生是他的，心也是他的，我又怎麼救得了全世界？表面功夫永遠是沒用的，不是嗎？

宣林一個月以後在石村去世。

也就在那一個月以後，我依言見到了呂婷，那個時候，她很幸福地挽著一個五十歲老人的手，讓我覺得可能是真愛吧，我覺得沒有勸說她的必要，但終究還是按照承諾約見了她一次。

但正如宣林所說，有些人回不去了，宣林認為的毀滅，可能正是她的幸福。

我沒有告訴她宣林為她所做的事情，但我忍不住告訴她宣林的死訊，因為我認為，她不會有宣林以為的傷心。

但事實上，她流出了一滴眼淚，僅僅一滴，就笑著接起了那個老頭兒的電話。

我不想評價那一滴眼淚。

安宇的生意在兩年後開始走下坡，直至不可挽救，他放棄了公司，帶著剩下的還算豐厚的財產，和兩個女人糾纏不清，最終被其中一個女人的丈夫失手打死，在當時成了轟動一時的案子。

我無意去給出一個真正的結局，來證明詛咒的存在，可是我相信，人的行為能決定人的命運，這是逃不掉的因果，你這一世逃掉了，且不論你的下輩子，但你的子子孫孫呢？

終究，人還是需要有一些底線。

最後，宣林的父母在石村過得還算安穩，平靜。

第二十八章 驚人的線索

當我從石村歸來十天後的一個下午，酥肉來我家裡找我，那時候的我正在收拾行李。

「你才回來，又要走哪兒去？」顯然這小子對我沒事愛四處晃蕩的性格有些不滿。

「天津，既然你來了就送我去機場唄。」我拉好行李袋的拉鍊，很乾脆地對酥肉說道，想了一下，我又開口說道：「你老婆生的時候，我會回來的。」

「謝謝你還惦記著，沁淮那小子也會過來，你反正要去天津，離北京那麼近，和沁淮一起唄。」酥肉一邊說一邊拿出了車鑰匙，抱怨著：「我就是他媽的苦命，這才到幾分鐘呢，又得跑路送你去坐飛機。」

我背著行李袋，一把攬過酥肉，說道：「行了，你那車不是你小情人嗎？讓你和你小情人多待一會兒，你還不樂意咋的？我要不要和沁淮一起過來看情況吧，記得幫我看好屋子，我師傅的一些東西還在這裡呢。」

「行了，看屋費是多少？」

「是多少也不給你啊，我給你沒出生的孩子，讓他等著乾爹回來送大禮啊。」我笑著說道，一邊鎖好了房門。

下了樓，酥肉忽然想起了什麼，一下子跑過來挽著我，也不管周圍異樣的目光，小聲對我說道：「三娃兒，你能幫幫看看我媳婦兒肚子裡是男是女嗎？」

「咋？這都什麼年代了，你還玩重男輕女這一套？」

「放屁，兒子女兒我都喜歡，我這不就想提前知道嗎？」

「老子這是天眼，不是×光眼，沒那功能，你覺得能行嗎？」

「哈哈哈……」酥肉一邊大笑著一邊就打開了車門，然後說道：「上車，哥兒我今天大方，讓你體會一下寶馬的魅力。」

「去去去，別學沁淮說話。」我帶著笑容也坐到了副駕駛的位置。

酥肉發動了車子，然後一邊開車一邊對我說道：「你知道嗎？這安宇恢復以後，就在他辦公室大動干戈，然後又挖出一個裝著孩子的罐子。」

我搖下車窗，點燃了一枝菸，說道：「這是肯定的，挖出來就好好埋了吧，這算為他自己積點兒德。」

「他請了幾個和尚來處理了，你別提他積德的事兒，他能積點兒德，都得敗在女人的肚皮上。」酥肉罵了一句。

我沉默著，不去提醒安宇詛咒的事兒，無非也是提醒了也沒用，所謂積德，是發自內心的德，表面上可沒什麼用，他若醒悟，也不用我提醒，他若不醒悟，我提醒也沒用，那是他自己的因果。

或者，這也是屬於我的一種「冷漠」，旁人永遠左右不了你的心，自己的主宰永遠是自己。

「各人有各人的命吧。」我愣了一會兒神，就評價了這一句，然後就不想再說安宇的事情，和酥肉扯別的了。

我訂的機票是下午三點半的票，在和酥肉簡單地告別後，時間也就差不多了，這一次我即將飛往天津。

在平日裡，我一向是一個很難與陌生人交流的人，所以在飛機上，我也不可能和身旁的人交流，問空姐要了一瓶礦泉水後，我就陷入了沉思。

這一次在石村的收穫其實挺讓我震撼的，雖然沒有什麼很具體的昆侖在哪裡的線索，但我至少離事實又近了一步。

想到這些，我就想到了我去石村的那些日子，那個村子果然如宣林描述的一樣貧瘠，這已經是世紀的末尾，如果我不是親眼看見那樣的村子，我很難想像有那樣的貧窮。

如果要用對比來說的話，就像黑岩苗寨周圍的「牲口村」。

在那個村子我很快就打聽到了宣林家的所在，可是我終究晚了一步，到我趕去的時候，宣林已經去世了，他父母帶我去看的只是一座淒淒的孤墳。

「當年我們祖上因為貪婪，導致了一個村子的滅亡，這債到現在算是徹底還清了，我們家族沒了宣林，隨著我去世也就徹底地沒了。你要說我後悔，我可真後悔，為什麼就不安守祖訓，老老實實地待在這個村子裡？是啊，待在這個村子裡，如果老天爺真要我們出去了，覺得我們還清欠債了，自然也會讓我們出去，現在好了，這麼多代人，終於不背債了。」這是在那座孤墳前，宣林父親對我說的話。

「你也才四十幾歲，或許也能再有個孩子吧？」這是我唯一能給予的安慰，這是一種痛心，一個傳承又要斷掉的痛心，可是我也無能為力。

「聽天由命吧，宣林和我說起過你的要求，家裡是有一些古籍記載什麼的，這次你都抄錄一份去吧，就包括我們家的祕術，如果遇見有緣人，就傳下去，總不能讓傳承斷了才是。」宣林父親是如此回答我的。

我能感覺到他的萬念俱灰，宣林是一個堅韌而聰明的孩子，可惜偏激，感情極端了一點。

這讓我想起我自己，師傅從小就擔心我情根太深，怕是情劫難過，可他一定沒想到，他才是我的劫，讓我一生有了巨大的轉變，目標都定在飄渺虛無的昆侖。

我在石村待了五天，這五天都在用鋼筆抄錄宣林家流傳下來的一些古籍。

一邊抄錄，我也一邊知道了一些關於那個祕術有趣的往事，還有那個祕術本身很具體的要求，其實挺苛刻的。

這也讓我知道了，宣林本身真的沒有利用那個祕術的想法，因為那個祕術的施展真的需要配合建築設計手藝，祕術才能精確地效果到位。

到了當代，鋼筋水泥已經代替了青磚紅瓦，如果宣林有心必須要去學建築系。

這也是安宇的幸運，當初那個祕術宣林算是布置得亂七八糟，勉強發揮了一半的功效，如果是全部發揮，安宇可能連活著來見我，喊救命的時間都沒有，就會落個最慘的下場。

當然，這個局只是宣林混進建築工地打工布下的，如果他是這棟寫字樓的設計人……

這也是無辜普通人的幸運和命運吧，不該他們得的報應，他們終究還是避過了，就連那個流產的女孩子，也保住了命，她的孩子也得到了超渡，而宣林不也還出了一條命嗎？

這些事情就在我對祕術的種種趣聞的抄錄中塵埃落定，而唯一讓我震驚的，是宣林家那本家族記事。

那其中有一段就是我得到的最重要的線索，那是他祖先宣藝留下來的一些話語，記載在了家族記事，原話是文言文，翻譯過來的意思則是他的道傳自於昆侖，但昆侖傳下的道遠不止他一人受益，他是一個匠人，在昆侖所得所學也就是匠人的手藝，當不得什麼。

他說昆侖傳道，他能模糊地知道，有許多的傳人，最厲害的當屬道家的正統傳人，他們在昆侖得到的好處才是最大的。

他猜測他們可能有通天徹地的本事，有漫長的壽命，得了道，來肅清世間的邪惡，說不定還會重歸昆侖。

最後，是他的一點兒想法，他一生都在猜測自己為什麼會得到昆侖的傳道，最終的猜測竟然是覺得華夏可能會有大難，為免道消，所以昆侖傳道。

不得不說，宣藝的猜測很驚人，雖然有誇張的地方，但也很符合事實，的確華夏經歷了一場大難，在那幾百年間，很多東西的傳承都斷掉了，國家也第一次淪落到一個非常弱勢的地步。

原來，天道從來都會埋下生機和種子，昆侖傳道是為了這個嗎？或許是一部分的原因。

宣藝的猜測，也讓我想起了我的師祖，結合種種線索看起來，我的師祖老李很有可能就是一個得利於昆侖傳道的人，也很有可能就是宣藝猜測的道家正統傳人。

他重返昆侖了嗎？在這其中我也想起了如雪給我講述的黑岩苗寨的傳說。

一切事實都太驚人，驚人到我都有些不敢接受。

第二十九章　背後的美豔女鬼

飛機抵達天津機場時，正是傍晚時分，由於肚子很餓，我匆忙地走過機場通道，準備就在機場大廳解決一頓晚飯時，卻猛地被一個人拉住了。

我一向抗拒陌生人的接觸，猛地被人拉住，想也不想地就推開了拉住我的那個人，卻聽見熟悉的一句「唉喲」聲。

我驚喜地回頭一看，不是沁淮這小子又是誰？

可我還沒來得及和沁淮打招呼，沁淮已經一拳打在了我胸口上，然後假裝憤怒地說道：「要不是哥兒我樁子穩，這一下絕對被你推翻了。好你個陳承一，走路不看人的，是吧？」

我哈哈大笑，一把攬過沁淮，也給了這小子肚子一拳，然後才說道：「你以為我是你，走路上一雙眼睛就不停地在瞄美女，撞到電線杆子也不怕。」

「得，你敢這麼詆毀哥兒我！原本準備請你吃大餐的，沒了，去吃路邊攤吧。」沁淮這小子的嘴貧起來，那可不是一般的貧。

我倆笑笑鬧鬧地走出機場，沁淮去取來了他的車，這小子和酥肉一個愛好，都是買寶馬，不同的是，沁淮這小子比較「風騷」，買的是寶馬跑車。

一上車，沁淮就說道：「算了，看在咱們十幾年的交情上，說吧，想吃什麼大餐？」

「狗不理包子。」我微笑著說道。

「承一啊，你說說吧，你啥時候淪落到如此可憐的地步了？狗不理包子對你來說，都是大餐？幸好你遇見了英俊有錢又極富同情心的我，得了，哥兒們帶你去吃真正的大餐吧。」沁淮一邊戴上墨鏡一邊說道。

「我就吃狗不理包子。」我很肯定地說道，我怎麼都不能忘記，很多年前的一個晚上，我和師傅也是這樣來天津，然後我吃了很多狗不理包子，結果被師傅給弄吐了，然後弄得我心裡非常不爽。

但是，如今我情願吐個千八百次，師傅呢？又在哪裡？

「好好，先買兩個正宗的狗不理包子給你吃，然後咱們再去吃大餐。」沁淮服軟地說道，可見我沉默不語，沁淮又叫道：「承一啊，你想什麼呢？」

「哦？」我笑著看著沁淮一眼，才說道：「我在想傻子才在天要黑的時候，開車戴墨鏡吧。」

「我×，你懂個屁，哥兒這叫範兒，你這個叛徒，已經失去了追求境界的心，想當年咱們那崔健範兒，可是引領了多少胡同大院裡孩子的潮流啊？」沁淮一邊開車，一邊鄙視地說著我。

而我則沒搭腔，只是微笑，想當年，想當年，我現在偏偏最怕的就是想當年，因為在流逝的時光裡，有我最不敢觸碰的東西。

酒足飯飽後，我和沁淮坐在訂好的酒店房間裡，一壺清茶，兩人開始聊天起來。

說起來，我和沁淮快一年沒見了，處在三十幾歲這個當口上，誰不是人生最忙碌的階段。

「這宣林腦子真是想不開啊，你說吧，要他成醫生了，不是想要多少護士妹妹就有多少護士妹妹？那可比女醫生新鮮太多了。」沁淮聽我說完宣林的故事以後，唏噓地感慨道。

只不過，這小子看問題的角度有一點兒奇特。

「我重點是想告訴你安宇的遭遇，你小子流連花叢中，不知沾染了多少因果，怎麼還不醒悟？」我故作嚴肅地對沁淮說道，但實際上玩笑的成分居多，沁淮這小子是風流，但絕對不下流，他口花花，但實際行動卻沒有多少。

果然，面對我的話，沁淮這小子不服氣了，說道：「得了吧，陳承一，和你那風流大學、風流高中比起來，哥兒我是五好青年！再說你懂不懂什麼叫萬花叢中過，片葉不沾身的境界？況且，哥兒我心裡一直都有一朵花，等著摘呢。」

我有些沉默地點上一枝菸，我知道沁淮說的是誰，是如月吧，換成普通的朋友，這其中多少會有些尷尬，但我和沁淮不會，我沉默的原因是因為我不知道說什麼。

萬一這小子以為我是炫耀，或者不在乎如月，那我們倆不得打起來嗎？反正年輕的時候也沒少做過互相打起來，又和好的事情。

果然，沁淮這小子見我沉默，「悲憤」地把我手裡點著的香菸搶他嘴裡去叼著了，對我吼道：「陳承一，你說啊，你哪點比我好？你有我帥嗎？你有我有範兒嗎？你有我有氣質嗎？你有我有風度嗎？你說如月看上你哪點了？你不就趁人家小不懂事兒的時候，誘拐了人家一下嗎？老子等得起，等她再花些時間，就能認清楚小時候的你是個色狼的本質，然後就會投入我沁淮大爺的懷抱。」

「你他媽才色狼本質，總之無論如何，我都希望你和如月幸福，知道嗎？」我又摸出了一枝菸點上了，我和沁淮真的無須多說，一句簡單的話就已經道盡了我的心思，沁淮也懂。

兩人沉默了一會兒，忽然又相視一笑，接著又一起開口問道：「你說……」

接著，我們哈哈大笑了一陣兒，然後還是我先說了：「你說吧，咋會在機場等我？」

「你不厚道，酥肉那小子厚道啊，他打電話通知我的。哥兒我夠義氣吧？放下電話就從大北京趕過來了，這一路上那叫一個風馳電掣啊。」沁淮這小子就是這樣，你問他一句，他能給你扯一長串兒。

「那是因為我到天津來只是辦一件小事兒，然後去北京找你的時候再通知你。」我簡單地解釋了一句。當然，我心裡也感動，可我不會跟沁淮說謝謝，因為換成是我也會做同樣的事情。我們的友情是刻進了彼此骨子裡的。

「你小子老是神神祕祕的，說吧，到天津來辦什麼事兒了？哥兒我剛才要問的就是這個。」沁淮這小子和酥肉在某一方面，絕對屬於同一款的人。

什麼人？覺得自己的日子過得太安穩，然後閒得蛋疼的那一類人，最期待的就是「倒楣」的我身上又發生一點兒什麼大事兒，他們好參與進來，一方面是回憶一下當年「崢嶸」的青春歲月，一方面是為他們的人生找點兒刺激。

不過這次沁淮恐怕得失望了，我直言不諱地告訴他：「我這次來天津就為找一個人，我其實早想來了，只不過那時忙著在社會上立足，還有很多瑣事兒，現在稍微得閒了，也就來了。」

「找誰啊？」沁淮問道。

「一個挺神祕的人吧，在他身上可能有昆侖的線索，畢竟他是我師傅的舊識，想著我就來了。但這都多少年過去了，天津不少地方也變了，我也不知道還能不能找到他。」我說道。

「沒事兒，在天津我還是有點兒辦事能力的，先找找吧，找不到我再想辦法。」沁淮輕鬆地說道。

「放心吧，對你我不會客氣的。」我平靜地說道。

「那什麼時候出發去找啊？哥兒我最愛看的就是神祕人物了。」沁淮這小子比我還激動。

我看了一眼時間，說道：「等一下深夜的時候吧，其實這麼多年了，我也不知道規矩變沒有，但今天我還是想去看看吧。」

沁淮嚇了一跳，卻又是異常興奮地對我說道：「深夜？你小子該不會是去找鬼吧？帶著我，我最喜歡美豔的女鬼了。」

「真的？」我一揚眉毛問道。

「廢話，我做夢都想見到祖賢姐姐呢，倩女幽魂多美啊。」沁淮用一副嚮往的樣子說道，就是那眼神不夠清純，色迷迷的，另外，可以用餐巾紙擦擦嘴角的口水。

「哦，那也是，挺漂亮的。」然後我放低了聲音對沁淮說道：「你知道嗎？其實賓館一般不乾淨，你也知道我有天眼，你既然那麼喜歡女鬼，那我就成全地告訴你一件事兒吧？」

「什麼？」沁淮來了興趣。

「哦，就你身後有一個吧，靠著你的，挺漂亮的。」我認真地說道。

「媽呀！」沁淮的嗓子一下子變得尖厲無比，二話不說地就朝我撲了過來。

第三十章 再臨小巷

現世報體現在我身上是特別快的，我和沁淮出門的時候，我的額頭上包著一小塊紗布，臉也青了一塊，那模樣就像被沁淮打了一百遍啊一百遍。

沁淮用怪異的神情望著我，估計是想笑，卻又不能笑被憋成這個樣子的，然後說道：「報應啊報應，應在道士身上可真靈驗啊，你說是吧？承一？」

我那個「內傷」啊，我不就是嚇了沁淮一下嗎？結果那小子撲過來，打翻了茶壺，燙到我的腿不說，又碰翻了茶几，然後我被他撲倒在地，那茶几直接就砸在我臉上，我就成了這副模樣。

「哈哈哈哈……」沁淮囂張地大笑。

我終於爆發了，一把扯過沁淮吼道：「你小子要提這事兒，信不信我把你也揍成這模樣？」

「好好好，不提了，不提了。」沁淮努力忍著笑，我總覺得那小子的模樣一點兒都不真誠。

午夜，十二點多一些。

我和沁淮來到了我和師傅曾經來過的「鬼市」，在這裡曾經是無比熱鬧的，我清楚地記得賣什麼的都有，可現在還真成鬼市了，人影子都見不著一個。

「我說承一吶，你記得沒錯吧？這還真是個鬼市啊！」五月的夜裡多少還是有些涼，沁淮這小子為了追求風度，衣服穿得少，他一邊搓著肩膀一邊對我說道。

這裡雖然有了一些變化，但總歸還是在接受的範圍內，我望著沁淮說道：「我沒記錯，就是這裡！可能這裡的人搬遷了，但這裡不是我的目的地，走吧，找找再說。」

沁淮沒辦法，只能跟著我走了，就是不忘在半路上搶了我的外套來披著。

我怕這小子感冒也就由著他了，畢竟我的身體底子比他好太多。

感謝我那良好的記憶力，一路上東穿西走，在陌生又熟悉的景物間，我終究還是沒有忘記曾經走過的路。

我記得師傅帶我來這裡的時候，曾經穿過了一條安靜到幾乎詭異的巷子，穿過巷子以後，就是一片接近郊區的空地，但如今這一條巷子，如果不是讓我看見幾個熟悉的景物，我幾乎認不出來了，因為兩旁都建起了樓房，但樓房與樓房之間的巷子還是存在，不同的是曾經凹凸不平的巷子，如今變成了平整的水泥道。

巷子裡只有一盞燈，在漆黑的巷子裡發出昏暗的青白色光芒，把置身其中的我和沁淮映照得像兩個男鬼似的，沁淮抱怨道：「陳承一，你給我老實交代，你是不是看哥兒我『貌美如花』，想趁半夜把我帶出來拐賣了？」

我用奇怪的目光上上下下地打量著沁淮，說道：「你如果貌美如花，那麼這世界上的花應該是另外一件兒東西吧？我想想，就比如牛糞什麼的。」

「沒事兒，你一個男人不懂欣賞我的美。」沁淮這小子完全沒有自己是三十幾歲人的覺悟。

我懶得和他貧了，說道：「行了，以前我和師傅來的時候，這裡燈都沒有一盞，你就滿足了吧？」

可沁淮卻半天沒有回應，我轉過頭去望著沁淮，沁淮卻愣在那裡，半天沒有動。

我走過去，拍了拍沁淮的肩膀，說道：「你咋了？愣在這裡幹嘛？」

沁淮一下子抓緊我的胳膊，然後一副被嚇壞了的驚恐樣子對我說：「承一，我可能開天眼了！」

「啥？」我覺得我聽錯了。

「真的，承一，我可能開天眼了。剛才我無意中回頭，看見這巷子口有一個女人要進來，我想看看是不是美女，你一說話，我就被分散了注意力，然後我再回頭去看的時候，那女的又不見了。」沁淮無比認真地對我說道。

我從進巷子口就沒有感覺到任何陰氣的存在，沁淮忽然說看見一女的，還突然消失，意思就說是鬼，沒有可能靈覺比他強太多的我感覺不到，他倒感覺到了啊。

再說，能讓普通人在清醒狀態下，都能清晰看見的鬼物，一定是兇厲非常的，所以，我只是略微想了一下，就對沁淮說道：「你長針眼就可能，開天眼不現實，走吧，興許就是一個過路的。」

「我跟你說，我真沒看錯，我……」沁淮急急忙忙地爭辯著。

可在這時，我不說話了，因為我也清楚地看見一個女的走進了巷子，手裡還提著一包冒著熱氣的吃食，我如果記得沒錯的話，在離這小巷子很近的地方，有一個在晚上賣吃食的攤子，當時我還感慨這個城市建設得太快，曾經很偏僻的地方，如今都有夜宵攤了。

看這女的這樣走進來，我一下子就明白是怎麼回事兒了，可能人家要回去，但想著又轉頭去買了一點夜宵打包。

我扯過沁淮，對他說道：「好好看清楚了，你說人——女鬼。」

沁淮目瞪口呆地望著那個不遠處，正朝我們走來的女的，半晌才歎息了一聲，說道：「得，哥兒我有一次空歡喜了，這天眼哥兒我願意用我的愛車來換啊，太好奇了。」

「哦，那你肯定會後悔的。」我淡淡地說道。

就在我和沁淮說話間，那個提著夜宵的女人已經走到了我們面前，我本來無意注意她，可剛才我和沁淮還在議論人家來著，我就看了她一眼。

可是就是這一眼，讓我看出了一種奇異的感覺，一般女人在這種小巷子裡遇見兩個大男人，不管怎麼裝若無其事，眼神絕對都是防備的。

但這個女人不一樣，她對我們根本視若無睹，根本就不在意。

如果說這個不夠奇怪，最奇怪的是，她臉上帶著一種奇異的笑容，如果這個笑容放在平日裡，幾個人一路，並不奇怪，更稱不上奇異。

不過在這種環境下，猛地看見，絕對奇異得很，奇異到讓人起雞皮疙瘩，因為那種笑容明顯就是一個人在傾聽另外一個人訴說，發出的淡淡的微笑，她一個人，怎麼會有那種笑容？

我閉上眼睛，仔細感覺了一下，我確定我沒有感覺到任何負面磁場，也就是說沒嗅到什麼「鬼味兒」，最終我得出了一個結論，那就是這女人的腦子是不是有點兒問題？

可在這時候，沁淮一巴掌拍在我的肩膀上，那眼神又是激動又是感動，他說道：「以前和我一起看美女的承一終於又回來了！」

我無語地看著他，說實在的，我剛才還真沒去想那女人漂亮與否的問題。

但沁淮已經嚮往地看著那個巷子口說道：「真不知道我們還會不會再遇見這位美女啊？」

「得了吧，你是不是期待每一個你看見過的美女都與你重逢啊？」我無奈地說道。

可沁淮一本正經地望著我，說道：「是啊，你怎麼知道的？」

然後，我就無言了，只得默默地往前走去，但在這一路上走著，我的心也忐忑起來，畢竟過了這麼多年，城市發展到了如此的地步，穿過這小巷子以後，以前那個賣符人所住的房子還存在嗎？

我絕對不相信，我還能再次看到那一片空地，看到真正的鬼市，那種鬼市不可能在這種地方，或者已經搬遷到別的地方了吧。

我只是來看看而已，我沒有抱太大的希望，可我不明白我此時的忐忑是為什麼。

終於，我們走出了巷子，果然那一片空地已經不存在了，取代的是一棟棟的居民樓，雖然不是多高的樓房，可也代表了這裡物是人非。

我失望地歎了一口氣，隨意地張望著，可是下一刻我的心就劇烈地跳動了起來。

而我沒料到的是，沁淮這小子終究說對了一件事兒。

第三十一章　一撞的轉機

這也怪不得我激動，就如同一場考試，你原本覺得自己發揮失常，沒抱什麼希望，但老師發考卷的時候，你卻意外地得到了一個不錯的分數。

我在這一片居民樓中看見了那棟房子，夾雜在一片居民樓中是那麼的不起眼，可此時卻成了我眼中最靚麗的風景，只要房子還在，我就能找到線索，不是嗎？

我二話不說快步地朝著那棟居民樓走去，沁淮搞不懂什麼事兒，只能快步跟上，一邊問：「我說承一啊，你看見剛才那美女了？」

我此時沒有和沁淮扯淡的心情，說道：「我看見我和師傅曾經去過的地方了，我原本以為不在了！」

沁淮的神情也嚴肅了起來，說道：「那咱們趕緊去吧。」

站在熟悉的小樓面前，我記得師傅是以一種特殊的節奏敲開這扇大門，可如今我記憶力再好，也忘記了這種特殊的節奏應該是什麼，只得「咚咚咚」地一陣亂敲，不但沒人來開門，還引得周圍的樓房有人罵罵咧咧。

可我也顧不得那麼多了，直接對著小樓喊話：「開下門吧，幾年前，我師傅曾經來這裡買過東西，是銀色的，開下門吧。」

喊話之後，我又著急地敲門，沁淮拉著我說：「不然白天來吧，等下我怕這附近的樓上會扔番茄、臭雞蛋下來。」

我有些頹廢地停止了敲門，如果不是怕得罪這裡的主人，我真的想破門而入了，我對沁淮說道：「不然你先回去吧，我就在這裡等著，他們總會出門的。」

說完，我蹲在了這棟小樓的門口，只要是關於師傅的，我真的很難冷靜。

沁淮歎息了一聲，也蹲在了我旁邊，從兜裡摸出兩枝菸，扔給了我一枝，說道：「得了，算我倒楣，咋就認識你了呢？我陪著你吧。」

我沒有推辭，在這還有些涼意的夜裡，和沁淮一人叼著一枝菸，蹲在了這小樓的門口。

我以為我們會等到天亮，或者不知道等到什麼時候，畢竟這小樓的父女是如此特殊，你說他們十天半個月不出門也是正常的。

可是今晚也許是我運氣好，總是會出現柳暗花明又一村的奇蹟，我和沁淮在樓下蹲了還不到兩分鐘，身後忽然響起了「吱呀」一聲的開門聲，這小樓還是老舊的木門，那聲音特別明顯。

我和沁淮幾乎是同時站了起來，然後轉過身，也同時愣住了——怎麼是她？剛才那個帶著怪異笑容的美女？

我和沁淮發呆，可是她的注意力根本就不在我們身上，眼神感覺很飄忽，很是心不在焉說了一句：「進來吧，來買過東西的，自然知道劉師在哪裡。」

說完她就走了，一副很是匆忙的樣子，特別怪異的是她竟然邊走邊偶爾點頭，時不時還呵呵笑兩聲。

待那女人轉身走後，沁淮有些無語地望著我說道：「可惜了，什麼美女和你一扯上關係，都不是正常女人啊，包括如月，我×，身上全是蟲蟲蛇蛇的，都不知道她坐飛機怎麼過的安檢。」

顯然沁淮也終於發現了這個女人不對勁兒，我無奈地說道：「這也算和我扯上關係嗎？另外，我也很好奇如月怎麼過的安檢，下次問問她。」

說完，我就舉步走進了屋子，這屋子還是和多年前一樣昏暗，不同的是，他們終於曉得了時代的進步，捨得用電燈了，只不過這電燈的瓦數很低，還不如油燈呢。

昏暗的燈光，黑沉沉的屋子，外加屋子裡有些冰冷的空氣，沁淮這小子一進來就小聲地嘀咕真受不了，搞不清楚的還以為這裡在拍鬼片兒，而我則是直接上了樓，那時的記憶還很清晰，我知道那老頭兒就在走廊盡頭的房間裡，我很開心他還活在世上，可事實上他也才五十九歲，活在世上也是很正常的事兒。

可能他沒有再借命了，也不一定呢？

上了二樓，穿過走廊，我徑直走向最裡面的那間屋子，但在路過旁邊那間屋子的時候，我分明聽見了若有似無的呻吟聲，好像很痛苦似的。

我還來不及深究什麼，那心不在焉的美女猛地就從後面竄了出來，抱著兩大床棉被，一下子就竄進了那間屋子，我也沒看清楚什麼。

沁淮嚇得汗毛倒立，嚷道：「這兒人走路都不帶聲音的啊？」

我想起這個賣符老頭兒還有一個女兒，莫非剛才那呻吟聲是他女兒發出來的？可我終究無意窺探別人的隱私，還是走到了最裡面那間屋子，推開了那扇虛掩的門。

一進門，我就發現這屋子的陳設那麼多年了，還是沒有改變，大得堆滿了各種雜物的架子，還有那張大得有些不成比例的桌子，唯一不同的是，坐在桌子後面的那個老頭兒。

以前他只是瘦，只是老，現在卻感覺整個人都萎縮了，變成佝僂的，小小的一團坐在和他身形並不相襯的大木椅子上。

「你過來坐，叫你朋友在下面等，我在他身上沒嗅出圈內人兒的味兒。」那老頭兒說話了，那聲音倒是沒有任何的改變，跟以前一樣，拉風箱似的嘶啞難聽。

他一出聲，沁淮就被嚇了一跳，然後才反應過來，那老頭兒是在趕他出去了，他小聲嘀咕了一句：「又不是明星，還圈不圈兒的。」但他知道我很在乎這件事，雖然嘀咕，但還是轉身下去了。

我走過去坐在了那老頭兒的面前，剛想說點兒什麼，那老頭兒卻自己開口了：「我記得你，幾年前跟老姜一起來的徒弟，這日子過得簡單了，就把人記得特別清楚。」

他還記得我，這也算一個意外的收穫吧，省去了我來龍去脈地解釋，於是我開口說道：「我這次來是為……」

可不想，我剛一開口，那老頭兒很是虛弱地咳嗽了兩聲，打斷了我的話，然後喘息著問我：「規矩你知道吧？你第一次來，我要先看看你有什麼值得我交換的。」

這倒挺讓我尷尬的，除了錢，我自問沒什麼可以和他交換的，而且我也不是來做生意的，事到如今也只能直接開口說道：「我這次不是來做生意的，我是來問您打聽一個消息的。」

我怕他一聽我的來意就打斷我，我急急地接著說道：「您既然和我師傅認識，也都是山字脈的傳人，我是來向您打聽昆侖的消息的，或者打聽一些關於我師傅的線索，我師傅……」

「嗯？」他的表情沒有什麼變化，只是淡淡地嗯了一聲。

「我師傅他在五年前失蹤了，一起失蹤的還有我師叔們、慧覺大師，還有一些別的人，我就想……」接下來的話我已經不用說下去了，因為說到這個份兒上，我的來意已經很清楚了。

那老頭兒沉默著，神情都沒什麼變化，唯一改變的細節就是他不停地用手指敲著桌子，就如同敲打在我心上一般，所以讓我的心也提到了嗓子眼兒。

就這樣過了大概一分鐘，那老頭兒的神情才變得有些恍惚，我一下子覺得有戲，可他說出來的話卻讓我的心都跌到了谷底，他說：「你師傅他們失蹤了，你問我有什麼用？什麼昆侖不昆侖的？現在圖書館有資料，自己不知道去查嗎？」

我的神情一下子變得頹廢，難道他真的不知情？

結果那老頭兒繼續開口說道：「你呢，要做生意可以找我，畢竟你師傅是我的老客戶，現世上製符人可也不多了。如你要打聽別的，就回吧，我在這暗無天日的房子裡待了那麼多年，我能知道什麼？」

我坐在椅子上，有些不願起身，可那老頭兒已經不再理會我，而是抓起了桌子上的一本古線書看了起來，我注意到他身後有一個窗子，剛好能看到樓下，我想如果不是他聽見喊聲，藉著窗子認出了我，估計我連上樓的資格都沒有。

在心裡默默地歎息了一聲，我站起來說了聲告辭，那老頭兒哼了一聲，表示知道了。

接著，我也再無理由留下，轉身就準備下樓，或許是自己垂頭喪氣，出門的時候也沒注意，一下子就撞到了一個人，這一撞倒真的給我撞出了轉機。

第三十二章　驚

撞到人了，我的第一個反應當然是對不起，無奈的是我的對不起根本沒有得到任何回應，這種反應讓我一下就知道我撞到了那個怪異的美女，人家根本就不理我，而是對著那老頭兒說道：「劉師，再多的棉被也沒用了。」那聲音異常的飄忽。

我覺得我站在那裡實在多餘，乾脆轉身下樓了。

樓下，沁淮等著我，見我神情有些頹廢地下來，他一下子什麼都明白了，走過來拍拍我肩膀，說道：「沒事兒，這線索多著呢，此處沒有，別處找嘛，總之我陪著你。」

我感激地望了沁淮一眼，搖搖頭說道：「你身上有多少錢？」

沁淮拿出錢包來看也不看地就把錢包裡的錢給我了，說道：「不夠，我還有銀行卡，取就是了。」

我沒和沁淮客氣，把錢裝兜裡，說道：「我先借著，我身上還有一些，買一般的東西這錢夠了，我不甘心，我想再試試，我去和他做生意，看看能不能套出一些話來。」

「成，你說咋做，就咋做吧。」沁淮絲毫沒有多餘的話。

我揣著錢，剛想上樓，結果那個怪異美女又下樓來了，她依舊是眼神飄忽地對我說道：「劉師讓你上去，他有話跟你說。」

這是咋回事兒？剛才那老頭兒的態度一直讓我覺得很絕望，怎麼又有轉機了？難道今天我的運氣分外地不錯？

那怪異美女根本沒有和我多說話，說完這一句就上去了，我處在巨大的驚喜中，直到沁淮拍了我腦袋一下，說道：「愣著啥啊，快上去啊。說不定直接就能知道姜爺他們在哪裡了。」

「嗯！」我點點頭，幾乎是忍不住臉上的笑意衝了上去。

衝到了那個房間，我喘息未定，也顧不得什麼，就衝著那老頭兒說道：「劉……劉師傅，你是不是……是不是有我師傅……」

可我話還沒說完，那劉師傅就衝我擺擺手，示意我別問，然後就顫巍巍地站了起來，我看他站起來的時候，就如風中搖擺的樹葉一般，我忍不住走過去扶了他一把。

他看了我一眼，眼神中多了一絲絲暖意，然後才咳嗽了一聲，說道：「跟我走。」

我知道現在不是多問的時候，就默默地跟在了那劉師傅的身後，他由於身體虛弱，走路很慢，幾乎是一步一挪，可我不敢有絲毫的不耐煩，只能跟在他身後。

他挪到了旁邊那個房間，我趕緊去為他把門推開，可是門一推開，那麼近距離的，我一下子聞到了這房間裡有一股子說不出的味兒，很是難聞。

具體形容就是那種淡淡的屎尿味兒混雜著些許腐臭的味道，我微微皺眉，然後打量了一下這個房間，竟然沒有電燈，點著一枝蠟燭，用燈罩罩著。

房間裡的布置異常簡單，除了一張很大的床，就是在床頭掛著的電視了，很像是現代醫院裡那種布置，讓病人一抬頭就能看見電視。

除了這個，這個房間就簡單到只有兩把椅子，和一張很小的飯桌子，現在飯桌子上點著蠟燭。

按說，這房間的布置也不怎麼怪異，唯一怪異的就是床上鋪著非常厚非常厚的棉被，然後那棉被之上也蓋著非常厚非常厚的棉被，但不同的是，那蓋著的棉被被四根線吊著，那四根線連接著天花板上的四顆釘子，彷彿是蓋棉被的人承受不住那種壓力，必須這樣借力一樣，但在床上我沒看見任何人影。

我不能去評論什麼，站在門口恭恭敬敬地等著劉師傅走進去，我才跟了進去，他顫巍巍地走到床前，我趕緊搬了凳子在他身後，他算是用一種感謝的目光望了我一眼，然後又用扯風箱的聲音對我說道：「小夥子……」

「陳承一。」

「嗯，好名字，陳承一那你過來吧，走過來點兒，看看我女兒吧。」劉師傅這樣說道。

我很疑惑，我明明是來問師傅和昆侖的事情的，他為什麼要叫我看他女兒？其實，我是見過他女兒的，那時候給我們開門的，身上有一種莫名死氣的女孩子。

我剛剛邁動步伐，卻聽見床上發出一個比劉師傅扯風箱的聲音更難聽的聲音，那聲音我無法形容，如果一定要說，那就是充滿了一種腐朽的意味，彷彿就是一根單純的聲帶在那裡發音。

「不要過來，不要過來，劉清遠，我恨你，我恨你，你怎麼不讓我去死。」

我有些尷尬，更多的是迷茫，一時間愣在那裡，也不知道該不該過去，於是望向了劉師傅。

劉師傅衝我擺擺手，示意我先別動，然後從懷裡小心地掏出了一個陶瓷瓶子，瓶子的口子有些像調味瓶兒，他拿著那個瓶子站起來，慢慢地走近了床前，然後輕聲說道：「乖女兒，乖，用這個，馬上就不痛苦了。」

說著，他拿著瓷瓶，貌似對著床上那個看不見的人動了動，我估計是灑了一些粉末，那邊的聲息就漸漸地小了下去。

如果是陌生人這樣做，我絕對以為看見了殺人現場，是有人在投毒，但是這個劉師傅，師傅曾經對我說過一些他的事情，我知道他有多愛他的女兒，他絕對不會這樣做。

待到那邊完全平靜以後，那劉師傅如釋重負地喘了一口氣，彷彿是完成了什麼大事兒一樣，對我說道：「好了，你可以過來了。」

我不知道為什麼心裡特別抗拒過去，但是我不能拒絕他，終究還是一步一步地走了過去，就站在了他的旁邊。

房間裡的光很是昏暗、微弱，他彷彿怕我看不清楚似的，從懷裡摸出了一個手電筒，然後對我說道：「你看看吧。」

我低頭一看，就踉蹌倒退了三步，這絕對是我有生以來見過的……見過的……我無法形容心中太具體的感覺，我只能用文字淺薄地描繪出那種外形。

床上確實躺著一個人，或者說是一具裹著人皮的骷髏，跟非洲難民一樣瘦，頭上的頭髮也只剩下寥寥的幾縷，被人很愛惜地用一根紅繩綁著，但就是如此也看不出性別。

非洲的難民好歹還有生氣，還有正常的膚色，床上躺著的那個人，撲面而來的，就是重重的腐朽氣息，而且皮膚呈現一種怪異的灰黑色，但更恐怖的是一張臉上血管浮現。

「過來啊。」劉師傅對我繼續喊道。

我不敢表現出什麼，只能再次走過去，只見那劉師傅費力地取下了一根連著被子的線，然後掀開了一部分被子，我就看見一個全身裹得嚴嚴實實的骷髏。

他卻毫不在意地掀開那具身體上的一部分衣服，露出肚子，對我說道：「你看看吧，我女兒都成什麼樣子了。」

而我再也忍不住，轉身衝出了房間，蹲在走廊上，吐出了幾口酸水！在那個時候我想糟糕了，我怎麼能流露出這種情緒，可我實在難以控制。

任誰看見那種場景也會這樣的，因為那具身體很瘦，卻在腐爛，我看見的是一個腐爛的已經露出了部分肋骨的肚皮，我很難相信，就算這樣，那個女孩子還活著。

是的，活著是一件寶貴的事情，螻蟻尚且偷生。

可是這樣地活著不是一種痛苦嗎？我彷彿理解了那個女孩子的恨，就是她父親生生地把活著那麼美好的一件事情變成了痛苦，她如何不恨？

「進來啊。」劉師傅的聲音從房間裡傳來，我只能擦了擦嘴，然後故作鎮定地走進了我根本不想走進去的房間。

「我可以告訴你一些線索和一些我知道的事情，可是你必須幫助我女兒。剛才你撞了七七一下，她感覺出來啦，你有著很強大的靈覺，我要你去真正的鬼市。」劉師傅沒有轉身，但聲音卻清晰地傳到了我的耳朵裡。

我還沒來得及說話，他又接著說道：「也有更簡單的，這些年我做生意，也收別人的壽命，若你肯借壽給我女兒，我也會告訴你，你看如何？」

第三十三章　圈內人與鬼市

借壽？如果是以前的我，說不得就會答應，可是現在的我卻絕對不會考慮借壽這一事的，原因很簡單，我自己的壽命我都嫌不夠，我心中的執念是昆侖，是我的師傅，那樣飄渺虛無的事情不知道要耗費多少的時間，我不能允許我的有生之年耗費在與別人的借壽上。

況且，在我內心也不願借壽給這個姑娘，那只是延續她的痛苦，這是我的想法，我當然不會說與劉師傅聽。

所以，只是沉默了片刻，我就開口說道：「我去鬼市，需要我做什麼？」

那劉師傅彷彿是預料到我的答案一般，回頭說道：「去鬼市當然是最好的了，別人的壽命借給我的女兒，排斥的反應還是很大的，看看她吧，現在墊著那麼厚的棉絮睡著，身上也疼。蓋著那麼厚的被子，也會覺得冷。還是鬼市換些東西回來吧。」

我當然知道壽是不可亂借的，父親借給女兒，倒還算好，畢竟父女之間的緣分因果糾纏頗深，這種付出還不算太違背天道的事情，別人的壽命豈是能亂借的？至少八字命格上是非常有講究的，才能最大程度消弭借壽帶來的不良後果。

劉師傅雖說常年在這裡做生意，但接觸的都是道人，道人誰不知道借出十年壽，用在別人身上也最多只有一年的道理？拋開這個不說，真正道人的追求都是能夠形而上，自己的壽尚嫌不夠，哪裡又會借給別人？

或許真的有急事不得不借的，但這個選擇範圍也就小了，所以劉師傅哪有什麼餘地去挑別人的八字命格？所以，他的女兒才會在九年之後，就被反噬成這個樣子。

我猜他自己是不能借了，五十九歲的模樣比風燭殘年還要風燭殘年，他借出去，然後死掉了，他的女兒怎麼辦？想想這個後果就覺得很痛苦。

最後，他也不敢亂借陌生人之壽，借不情願人之壽，那樣的報應大得驚人，除非他想他和女兒十輩子為豬為狗，不得翻身！雖說這些事情飄渺，但只要是道家人都是忌諱的。

就如我師傅告訴我，對萬事萬物都要有一份敬，來保持自己的善良，又要對萬事萬物有一份畏，來約束自己的行為。

我不知道劉師傅要換什麼東西回來，我對鬼市的瞭解也只停留在多年前的那一幕，師傅給我講述的一些事情，所以我開口說道：「劉師傅，去鬼市沒有問題，但是我只知道以前的鬼市就在你家門口，現在我不知道鬼市在哪裡啊？」

劉師傅聽聞我這樣說，臉上竟然流露出了一絲驚奇的表情，沉默了很久，然後才說道：「你師傅倒把你保護得挺好的，你這麼多年怕是沒真正接觸過什麼圈內人吧？」

我一愣，劉師傅說的倒是事實，我回想自己這三十多年的歲月，除了認識部門的一些人、我們這一脈、慧大爺等等，我還真沒接觸過什麼圈內人，過得倒是挺孤獨的。

不過這也叫保護嗎？

我忽然覺得有很多話想問劉師傅，因為我一下子也想起了一段往事，曾經李師叔在他的辦公室內語焉不詳地提起過了一些圈子內的規矩，那麼這個圈子也是真的存在的。

因為想問的太多，我一時半會兒還真不知道從哪裡問起了，劉師傅卻顫巍巍地站起了身子，說道：「罷了，罷了，到我房間去談話吧，說起來你也算半個愣頭青了。希望你師傅別怪我，你我是緣分到這裡，各有所需罷了。」

這時，我走過去扶住劉師傅，終於忍不住問道：「為什麼我師傅會怪你？」提起我師傅了，我沒有辦法淡定，所以忍不住急急地就問出了這個問題。

劉師傅看了我一眼，嘿嘿地怪笑了兩聲，然後說道：「回屋再說。」

終於，我和劉師傅又在那間屋子坐定了，依然是隔著桌子，但此時無疑距離近了許多，越和劉師傅談話，我就越覺得我需要知道的事情太多了，這樣坐定，一時之間反倒不知道怎麼開口了。

「你以為的道士是什麼？」劉師傅忽然之間打破沉默，問了我一個莫名其妙的問題。

我以為的道士是什麼？這個問題我還真不知道怎麼回答，難道要回答是匡扶正義的傢伙們嗎？嗯，如果我在十歲以前會這樣回答，至於現在麼，做了那麼些年生意了，還真不是那麼回事兒。

但劉師傅也不是需要我回答的，他用手指頭緩緩地敲著桌子說道：「道士是什麼？在沒有得道超脫以前都是人，是人就有複雜的人性，那麼道士們也有人的優點和缺點，所以說道士的圈子也就是人的圈子，既然是人的圈子那就一定有好的，也有不好的。說玄乎點兒，有人走正道，有人走邪道，總之大道三千，都是道，只要得道就可。你懂我的意思了嗎？」

「懂。」我神情有些沉重地說道。

「懂就好，你們那一脈都太正，走的是最正的正道，道心也就是最正的道心。所以，我說讓你師傅別怪我，讓你接觸了圈子，圈子裡什麼樣的人沒有？形而上，形而上，這個太飄渺，多活幾年也總是好的，挺現實的一個目標。所以目標在那裡了，手段重要嗎？至少很多人認為不重要，簡單點兒說，進了圈子，也就會讓你知道很多道士的真面目也不過如此。」劉師傅淡淡地說完這段，他忽然又嘿嘿地笑了兩聲，對我說道：「你覺得我這個樣子像是正人君子嗎？怕是比普通正直的人還不如吧？呵呵呵……」

我沉默，或許師傅真的把我保護得太好，如若不是這幾年做生意的經歷，怕是劉師傅今天這番話，就足以顛覆一些我的世界觀，因為我以為師傅講的道，說的道心就是所有道士的道，所有道士的道心。

或許，這也是師傅那一年匆忙讓我在社會浮沉三年的用意吧，可惜我把時間用在了黑岩苗寨。他總是說時間不夠，那個時候他的決定是讓他時間不夠啊，徒弟還那麼稚嫩。

「我沒有你想像的那麼脆弱，別人怎麼樣的道，影響不了我。」最終我說出了這句話。

「但願如此，你們這一脈都一根筋，你還是想好再說這些話。我要你去鬼市，你避免不了就會接觸圈子了，我還是得給你打個預防針，不是？你問我鬼市在哪兒？我門口曾經存在那個，叫鬼市嗎？」劉師傅說完又是咧嘴一笑，那笑容顯得有些詭異。

「那不叫鬼市嗎？」我忽然覺得我很白癡，什麼都不懂的樣子。

「普通人與普通鬼物之間的交易，叫什麼真正的鬼市？在我看來，不過是有人求佛，有人求鬼而已的小把戲，我想你師傅也是心知肚明。咱們圈子裡人的鬼市才是鬼市吶，在那裡只要你付得起價錢，就幾乎能找到你想要的，榮華富貴也不是什麼夢想。是不是覺得很玄乎？」劉師傅身子前傾，然後目光灼灼地盯著我，就像童話裡拿著毒蘋果誘惑人的巫婆。

我的心劇烈地跳動了起來，找到我想要的，是不是我也能找到昆侖的線索？

「別打昆侖的主意，鬼市也不是無所不能的。」劉師傅彷彿看穿了我的心思。

我吞了一口唾沫，說道：「是很玄乎，鬼市在哪裡？」難道還在天津。

「在哪裡？沒有固定的地方，但一定都是遠離人煙的荒僻之地，到時候看消息吧，你小子還算幸運，鬼市半年開一次，已經過了五個多月，下個月就會有圈內人的鬼市，你不用等太久。」劉師傅淡淡地說道。

原來沒有固定的地方，難怪普通人根本就不知道有這樣一個鬼市，我內心隱隱地有些期待，但我也不知道我在期待什麼。

也就在這個時候，那個怪異地被劉師傅稱作七七的女人進了屋子。

第三十四章 底線

她只是進屋送茶的，我很奇怪，她是怎麼知道我和劉師傅回了房間？難道她一直在監視我們？可這二樓，只有三間屋子，一間是劉師傅的女兒住，一間就是我們所在，最後一間的門是開著的，看著是個臥室，有些雜物，我估計是劉師傅的臥室，她應該在樓下住著啊，怎麼？

對於她我有太多疑問，可也只能悶在心裡想想而已，不好多問什麼。

那位名為七七的姑娘放下茶，就要走，劉師傅卻叫住了她，此時的她很明顯是處在一個正常人的狀態，眼神也不飄忽，也沒有怪異的動作，劉師傅叫住她，她就停下，神情平靜地等待著劉師傅的吩咐。

「沈星，下個月就由妳帶著他去鬼市吧，順道也好給他說一些規矩。」劉師傅這樣吩咐了一句。

那名為沈星的姑娘聽見這個吩咐後，臉上出現了躊躇的表情，我看得新鮮，說起來這倒是我第一次在她臉上看到正常人的表情。

她沒有說話，而劉師傅卻端起了面前的茶缸，喝了一口茶說道：「我知道妳在擔心什麼，妳放心去好了，也最多不過是一個星期的事情，該照顧的我會照顧好的。」

劉師傅如此一說，沈星最終才猶豫著點了點頭。

望著她離去的背影，劉師傅歎息了一聲，忽然對著她說道：「這樣下去也不是辦法，妳什麼時候就離開吧？」

那沈星離去的背影一震，忽然說了一句：「讓我待滿一年，我只奢求這一年。」很簡單地說完後，沈星就離去了。

這算是她在正常狀態下說的第一句話吧，之前她和我說過兩句話，聲音異常的飄忽，也讓人聽不清楚她本來的聲音是什麼樣的，可這一次我聽見她的聲音，覺得是清亮的，有些脆生生的感覺，讓人感覺她應該是很開朗的人啊？

她和劉師傅的對話也莫名其妙，我聽不懂，但劉師傅也沒有解釋說明的意思。

但我還是忍不住問了一句劉師傅：「她也是個修道之人？」

「她不是，她只是一個執念和我相當的普通姑娘罷了，我很佩服她，一個普通姑娘竟然能找到鬼市去。」劉師傅就這麼簡單地回答了我一句。

這句話讓我覺得怪異，原來你也明白你執念深啊？那為什麼不對你女兒放手？

我知道我有些話不該說，可在此時我真的忍不住了，我望著劉師傅很認真地說道：「劉師傅，你不如放手吧。當活著也是一種痛苦的時候。」

「砰」的一聲，是劉師傅的茶缸跺在桌子上的聲音，他原本淡定的臉一下子就扭曲了，那是因為憤怒而扭曲，他雙目幾乎是要噴出怒火般地望著我，看樣子下一刻就想趕我出去。

我原本因為師傅的事情壓抑著內心的想法，可我終究還是逃避不了自己心中的那一條線，如果我真能視而不見，因為自己的年紀故意去裝作所謂的穩重，那我也就不是我師傅的徒弟了。

「底線是什麼？是一條能大過自己願望、欲望的線。如果這個都超越不了，就不要說自己有什麼底線。我們這一脈的底線是什麼？道與義，道自己去悟，義也不是義氣，你可以把它異常簡單地理解為良心。」

師傅的話就是支撐我的動力，既然我說出來了，也就不後悔，面對著劉師傅的目光，我坦然卻又堅決。

拉風箱般的喘息聲在屋內響起，那是劉師傅因為憤怒而喘息的聲音，過了好半天，他才冷笑了一聲，說道：「你們這一脈，本事不小，脾氣也不小，臭規矩還多。個個跟糞坑裡的石頭一樣，偏偏還喜歡蹦出來告訴別人怎麼做！我女兒的事情用不著你來操心，你下個月五號來這裡，我會告訴你去鬼市做些什麼，怎麼去！至於那個時候你還如糞坑裡的石頭一般，我也就管不了你了，愛做不做吧，線索你也休想從我這裡得到，你走吧。」

我平靜地站起來，對著他鞠了一個躬，然後走了。

曾經師傅說過他是一個偉大的父親，用自己的命帶著女兒一起活著，可事到如今，師傅又會說什麼？勿施於人嗎？我走出房間，望了一眼那個姑娘的房間，搖搖頭，走掉了。

下了樓，沁淮抱著肩膀在下面來回走動著，一見我下來了，就跟盼解放的人民看見解放軍似地衝了過來，問道：「承一，怎麼樣？這事兒有著落嗎？」

「有，他有線索。不過需要我去真正的鬼市去一次，至於去做什麼，他沒有說。」我簡單地對沁淮說道，對他沒有什麼好隱瞞的。

「鬼市？什麼東西？哥兒我可以去嗎？」沁淮興奮了，他和酥肉盼望的不就是這個嗎？我甚至懷疑這小子會不會今天晚上就祕密打個電話通知酥肉。

這兩小子，老嫌生命不夠刺激，也不怕一天真的踢到鐵板。

我心中有著太多的心事與忐忑，也沒有說話的興致，直接疲憊地說了一句：「回去再說吧。」

回到賓館，我簡單地和沁淮聊了一些，就打發這小子去睡了，因為心裡老是想著圈子的事兒，不免有很多的想法和懷念。

那些想法總結起來不過是一句話，就如同高中生要進大學一般的心情複雜。

而懷念的，當然是我的師傅，我知道他沒有死，用懷念這個詞語太不恰當，可他真的已經離開我太久了。

在床上輾轉反側地睡不著，終於我還是拿起了電話，撥通了承清哥的電話。

「承清哥嗎？我是承一。」

「真夠可以的，凌晨三點多，是有什麼事兒？如果是有算命的生意介紹給我就算了。」承清哥的聲音沒有多少的睡意，很是清醒，他跟我開著玩笑。

但我知道這是他無奈的地方，都說算命之人五弊三缺，總會因為出手的次數沾染因果，往往還有一些讓人頭疼怪異的小毛病。

就比如承清哥，他的毛病就是常常失眠，每天能深睡四個小時就是值得開心的事兒了，這也就是我為什麼獨獨打給他的原因。

「介紹別人的生意就算了，那值得我師兄出手嗎？多虧啊！給你介紹一下我的生意吧，我這不是有個要緊的地方要去嗎？你幫我算算，能不能順利？」我也儘量輕鬆地說道。

「要去哪裡？」承清哥沒有再開玩笑，簡單的一句話，略微著急嚴肅的語氣就已經包含了他的關心。

「鬼市，心裡有些不安，加上……加上……承清哥，你知道我們的圈子嗎？」

「詳細點兒說。」

我原本就沒有隱瞞他的意思，當然一五一十地全部都告訴了承清哥，無論誰得到線索，都是大家的線索，這本就是我們這一脈的事情。

當我說完以後，承清哥沉默了一陣子，然後說道：「讓承心陪你去吧，他的脾氣比你圓滑一些，也溫和一些。至於圈子的事兒，我略有所聞，但也一樣沒有太多的接觸。你現在在天津對嗎？」

「你咋知道的？」我很好奇，這也能算到？

「哦，來電顯示。」承清哥異常淡定而簡短地說道。

我流了一頭冷汗，忽然覺得自己跟個白癡似的，剛想說點兒什麼，卻不想承清哥接著忽然說了一句：「有空馬上來北京找我，具體詳談！我現在好像有睡意了，我掛了。」

說完，承清哥就掛斷了電話，我拿著電話苦笑不已，但我非常理解，因為他的睡眠比正常人寶貴多了，也難得多了，他常常就是那麼怪異。

同時，我也知道他讓我上北京詳談的意思是什麼，他要和我說圈子的事情。

第三十五章　圈子與規則的祕密

我和沁淮第二天就離開了天津，當我們找到承清哥的時候，正是下午時分，承清哥直接就穿著一套睡衣來接我和沁淮。

他現在已經不住在當年李師叔所住的那棟小二樓了，因為以承清哥的資歷和功力，還沒有資格得到那樣的待遇，他雖然按照李師叔的遺願，繼承了李師叔的部分工作，但畢竟他在那個特殊的部門只是一個年輕後生。

他也不愛住部門給他分配的房子，乾脆拿著錢在北京的郊區買了一個小院住著，雖說是郊區，但人也不少，他就那麼穿著睡衣出來了，我和沁淮還是十分吃驚。

承清哥無視我們的表情，打了個呵欠說道：「這麼穿，能輔助我睡覺，別大驚小怪的。」

承清哥那麼一說，我不知道沁淮怎麼想的，可我有一些難過，這也算是一種代價吧。

一壺清茶，滿屋的陽光。

我們三個就坐在沙發上談話，承清哥不敢喝茶，端著一杯白開水，喝了一口之後對我們說道：「說是一個圈子，其實也分成了很多部分，這是我在部門裡隱約聽來的，實際的情況還需要你去接觸。但不管怎樣，承一，我們只能是我們，只能是老李師祖這一脈的人。」

我知道承清哥擔心的是什麼，或者就像劉師傅跟我說的那樣，圈中有頗多人不顧手段，承清哥或許多多少少也聽說過一些，他是在提醒我不要受了影響。

我點頭說道：「承清哥，我們都是從小跟著師傅長大的，心性什麼的，我想已經很難改變了，放心好了。」

「不太放心，總覺得你變得冷漠了很多。」承清哥淡淡地說道。

「呵，我不是冷漠，我……我是一個連自己也拯救不了的人吧。」我說得很認真。

「別太怪姜師叔了，你就算再怪他，也抵不過你對他的愛。與其這樣，又何苦折磨自己？」承清哥顯然很瞭解我，或者也只有我們這一脈的，才能體會到某一些心情吧。

我的心一痛，卻不想再談論這個話題，只是說道：「承清哥，你好好說說圈子的事情吧。」

承清哥歎息了一聲，放下水杯，然後說道：「這個圈子大致上就是由一些和常人不一樣的人組成的，嗯，簡單說，就是有真本事的道士啊，和尚啊，甚至一些從西方過來的人，還有一些富豪組成的。」

「富豪？」我皺著眉頭，有些不懂，這種玄學圈子，為什麼會有富豪？就像西方人過來，我也能理解，畢竟西方也有自己的玄學，嗯，或者說是神學什麼的吧。

「對，富豪！你可以把他們看成是一批有需求的人，誤打誤撞就找到了真正有本事的人，然後就進入了圈子，然後富豪也有自己的人脈，也會告知一些朋友吧。就是這樣，圈子裡也就有了一些富豪。但他們是接觸不到圈子裡的核心的，他們的存在，更大意義上是像顧客。」承清哥耐心地給我解釋道。

這樣的說法，我一下子就理解了，然後問道：「圈子就那麼簡單？」

「顯然不是，其實這只是一個整體大圈子的構成，在這個大圈子裡有很多小圈子的，簡單地說，屬於國家部門的人算是一個小圈子，這一個圈子處於整個圈子的邊緣，因為背後有著國家，所以在一般情況下，是不會與其他的小圈子有著太多的交集。另外幾個圈子，有正統的大脈裡高層組成的，有散亂的小脈之人，有莫名其妙得到一些傳承、自己有些本事的。但無論如何，這個圈子的門檻很高，會一般的雕蟲小術之人，是絕對接觸不到的，接觸得到的人，至少都有一兩樣絕活兒。另外……」說到這裡承清哥沉默，停頓了一下。

「另外什麼？」我好奇地問道。

「另外一直有一個我也沒辦法驗證的說法，就是這個圈子真正的核心。聽說是一些真正的高人，他們在維持著某種秩序，就好比，你曾經聽我師傅說過的一段話，說真正的圈內之人不能動彼此的家人，就是規則之一吧。就好像，真正有一些本事的人或者勢力，都有著一定的紀律，就好比黑岩苗寨如此囂張，他們也不敢動你們的家人。也不敢大張旗鼓地去動普通人，只能通過一些手段，去弄一些普通人進牲口村，如果沒有這個約束，你覺得以黑岩苗寨的存在，會不放肆地弄嗎？也或許是知道國家終究要對付他們，所以核心圈子裡的人睜一隻眼，閉一隻眼吧。」承清哥說出了這段話。

這讓我無比震驚，就好比一直以為自己自由自在的，卻忽然得知原來背後一直有一雙監視你的眼睛，制定了許多你不知道的規則，默默地約束著你，只要你超出了規則的範圍，或許你就不會存在了。

「他們是一群什麼樣的人？到底規則又是怎麼樣的？我是說具體。」我皺著眉頭問道。

「什麼樣的一群人我不知道，承一，你也明白，我們這一脈根本就不混所謂的圈子，我因為一直在部門的關係，所以接觸到了一些，但部門本身就是一個邊緣圈子，而我是邊緣圈子裡的邊緣人，你覺得我又能具體知道多少呢？只是有一個模糊的說法吧，那群人是一群老怪物。至於規則，我不知道，或許不是核心圈子的人也沒人知道，我只知道或許可以和普通人之間有交集，有糾葛，但是真的弄出了天怒人怨的事情，那就不好說了。若不是如此，你覺得能那麼太平嗎？不是每一個修行之人心地都正，你覺得要以圈內人的本事，弄點兒事兒出來，不誇張地說，害死幾十個人絕對可以做到無聲無息。」承清哥慢慢地說道。

我點點頭，心情有些複雜，我總感覺承清哥說的，就如他自己判斷的，他也只是知道一些淺顯的東西，太具體的，他真的瞭解不多。

或許，他還沒有肖承乾知道的多！

但我沒有那個打算去問肖承乾，在我以為，我只是去一趟真正的鬼市，不可避免地會接觸到一些圈子的人，但並不是要深入圈子，瞭解太多也沒有用。

而且以從小師傅們對我們的教育，就算沒有所謂的規則，我們恐怕也不會做什麼。

我們這一脈的命運，一直以來不就只有兩個字嗎？昆侖！

在北京和沁淮、承清哥小聚了幾天，順便也去看了看靜宜嫂子，她和晟哥的孩子轉眼已經長很大了，念小學三年級了，歲月就是那麼無聲無息地淹沒了很多事，轉眼即成滄桑。

靜宜嫂子送我去機場的時候，感慨地說了一句：「有時候想起來，就好像昨夜我們還在荒村，你和他談天，我在旁邊笑著聽。但這昨夜的距離真是很遠。」

回到我所在的地方以後，我隨即就聯繫了承心哥，我們約定下個月五號在天津見面。

我不知道鬼市具體是什麼樣子，但既然叫市場，總是免不了和交易掛鉤，我自己有著強烈的想交易的衝動，我指望能在鬼市得到一些線索，儘管劉師傅告訴我不可能，我也付不起那個代價，但我就是想試試。

第一次，我想到了動用師傅留給我的東西，想著，我回了一趟家，因為師傅留給我的東西，基本上都是收藏在我的老家，除了少數的一些東西，我並沒有隨身帶著多少。

回家，免不了會被爸媽念上一通結婚生子的事情，現在的他們每一兩個月都能見上我幾天，沒那麼想念了，自然罵我的時間也就多了起來。

我不敢頂嘴，敷衍地應付了一下，去翻找了幾件我覺得合適的東西帶在了身上。

回去的時候，媽媽念叨我：「如雪這丫頭是好，可是你們的結果也就那樣了，就各自好好生活不行嗎？」

這樣的話，讓我的心猛地一痛！各自好好生活？可在我心底，我自始至終沒有對如雪放手過。

第三十六章　我們要做什麼？

時間在平靜中流逝得無聲無息，在人還不自覺的時候，一個月時間很快就過去了。

五號的上午，我在天津的機場見到了承心哥，他比我早到一天，今天特意來機場接我。

事情的大概經過我們早就在電話中交流過了，所以見面也沒有多餘的廢話，直接攔了一輛計程車，就直奔劉師傅所在的地方。

在車上，承心哥問我：「那劉師傅會同意我一起去嗎？」

我有些不確定地說道：「只要我去，他不在意誰跟著我一起吧？」

「那就好。」

依然是沈星給我們開的門，她依舊是那麼怪異的樣子，彷彿上個月那一瞬間的正常倒像是幻覺似的，承心哥是第一次見到沈星，自然是被她那怪異的樣子嚇了一跳。

在她走後，承心哥自然免不了問我，但我也不瞭解，只能說：「我不知道，只知道是她帶我們去鬼市，你說她怪異，可是我在她身上感覺不到任何『鬼』氣。」

承心哥沉默了一會兒，最終也沒想出什麼答案來，只是說了一句：「是挺怪異的。」

我們依舊在那個房間見到了劉師傅，明明是下午晴好的天氣，他的房間依舊黑暗而陰森，還是開著一盞昏黃的小燈泡，不，或者應該說是整棟樓都是陰森而黑暗的。

「坐。」彷彿是已經認定我會來，劉師傅面對我們的到來，連眼皮都沒有抬一下，就直接叫我們坐下了。

在他面前坐定以後，他這才慢悠悠地問我：「你旁邊那個是誰？」

「我師兄，醫字脈的師兄。」我答道。

「老李一脈的醫字脈，倒是很神奇，那幾根金針耍得那叫一個好啊，呵呵呵……」劉師傅的笑聲異常的嘶啞難聽，在那麼昏暗的燈光下，竟然我也看見承心哥脖子上起了大顆大顆的雞皮疙瘩，畢竟他是第一次聽見那麼難聽的說話聲。

我和承心哥沉默著，可是劉師傅卻繼續說著：「靈藥術，小傢伙，你也會嗎？供藥，上靈，用靈氣加藥性治病。哦哦，那是小玩意兒，如果你們這一脈願意付出足夠的代價，倒還真的無病不剋啊。」

這時，承心哥終於忍不住開口了，說道：「是可以治好病，但到了時間，那病人總是會因為意外死於非命，或者因為意外承受那個病本來該帶來的後果，治與不治，效果不也一樣？」

「哈哈哈……」那劉師傅又笑了，我在手裡把玩著一塊靈玉，再次聽見那笑聲時，我真忍不住很想把那塊靈玉塞他嘴裡去，讓他別笑了。

「你是不懂，生病活著一年和好好地活著一年那感覺可是不一樣的，那就是你們靈醫術存在的意義。只不過你們要付出的代價也太大，我也就不求你給我女兒轉移一下病痛了。」劉師傅說著，彷彿許了我二師兄多大仁慈似的。

我二師兄顯然不想再繼續談論這個話題，只是問道：「這次我和承一一起去沒有問題吧？」

那劉師傅輕輕揚了揚眉毛，說道：「有什麼問題？鬼市不是我開的，你夠資格，自然能進去。想起來還真是罪孽，老李這一脈竟然因為我，有兩個弟子要去接觸圈子，嘖嘖……」

「要我去做什麼？」我第一次發現這個劉師傅的廢話也挺多，估計是長年孤寂地待在這種環境下造成的吧。

可我不想囉嗦下去，直接就問了目的，早一些問，免得他要我去做什麼不情願的事情，我也好推脫。

「做什麼？」劉師傅沉吟了一陣兒，然後抬起頭來說道：「很簡單，我要你去鬼市找一條消息，就是哪裡有×××命格的女人，然後再想辦法，把那個女人帶給我，就沒你的事啦。」

「你要做什麼？」我眉頭一皺，一下子就把劉師傅的目的猜測到了七八分。

「呵呵，你放心好了。我再怎麼也是山字脈的傳人，我不是正人君子，但你去道上打聽打聽，我也從來不是什麼邪道！再者，不是你情我願的事兒，我做了也沒意義。」劉師傅淡然地說道。

我和承心哥沉吟不語，同時也在感慨鬼市的神奇，竟然能憑空尋找需要的命格之人。

「那×××命格的女人不說很多，但放眼在華夏也有不少吧？我怎麼知道要去找誰？」我皺眉說道。

「問得好！這個很簡單，你在交易的時候，特別說明一下，需要有大冤孽、大因果的人，呵呵……也只有那樣的人，才能和我公平交易。」劉師傅說道。

「會有這麼巧合？有這樣的人？如果找不到怎麼辦？」我皺眉說道。

「華夏那麼多人，這個就不用你操心啦。」劉師傅很有信心的樣子。

「可你竟然要去插手冤孽與因果，你不怕因果反噬在你身上嗎？」我問道。

「哼，我怕？為了我女兒，我連天都敢逆，區區因果我會怕？」

我和承心哥無言以對，在我們這一脈，不是特別的情況下，是不會插手因果的。師祖曾有訓話給師傅們，而這些話自然也傳給了我們。

那就是這個世界是一個熔煉人心的熔爐，人的苦，人的冤，人的孽，都是那熊熊的烈火，在燒鑄著一顆心，那也是一種淨化與進化。

我們的旁觀從來不是冷漠，只是一種順其自然，莽撞地去插手，以為自己正義，以為自己英雄，說不定就是撲熄了別人的熔煉之火。

我們要管的，只是那憑藉本事，看輕天道的大逆之事，或者傷害到了人類存在根源的事情，那不是救世主，也不是所謂的聖父，那才是義！

所以，師傅才會加入國家的部門，順大勢而為，也是一種順勢而護義的行為。

所以，我和承心哥才會無言以對，劉師傅的行為和我們的道相差太遠，但我們有的選擇嗎？在執念面前，我們都輸了，現實就是一個狗屁，逼著人做著相反的事情。

「說吧，這一次的鬼市在哪兒？」沉默之後，我發話問道。

而劉師傅彷彿勝利一般地咧嘴笑了，然後說道：「這個月九號，鬼市會在五號地點正式開市，為期嘛，三天。沈星負責帶你們去，然後才離開。兩個小傢伙，為了你們能順利達成我要辦的事兒，我不得不提醒你們一句，別得罪不該得罪的人啊。」

「五號地點？什麼地方？」這是承心哥問的。

「什麼人不該得罪？」這是我問的。

「開鬼市為了隱祕，有二十一個地點可以選擇，五號地點就是五號地點囉。你們去了自然就知道！說不定，其他的地點、鬼市的聯繫方式都能知道。至於不該得罪的人嘛，就很多了，雖然老李一脈聲名赫赫，可你們要知道那也不是無敵的，而且你們還是很嫩的小傢伙，不是嗎？所以，謹小慎微就好了。」劉師傅簡單地解釋了一句。

話說到這份兒上了，也沒有什麼值得多說的了，我很乾脆地說道：「好，那我們什麼時候出發？」

「五號地點倒是有些遠吧，你們明天就出發吧。」劉師傅淡淡地說道。

從劉師傅那裡出來，承心哥的神色有些憂鬱，他說道：「承一啊，這因果可不是他一個人插手，我們這樣做，也是插手了。」

「承心哥，你是覺得我變了，是嗎？」我雙手插袋，低著頭，一邊走一邊看似很平靜地說道。

「你是變了，我也變了。以前我們的心乾淨，做事總是很純粹，甚至可以觸摸到本心。可是現在，你、我、我們這一脈，心裡早就被種下了一個深深的執念，有執念放不下的心何談乾淨？最多就是試著去習慣身不由己唄，這就是變化吧。」承心哥的語氣也很平靜。

可是，我們的心真的平靜嗎？師傅他們無言地離開，不留線索，或許就是想讓時間淡化我們的思念，不在我們心中種下執念。

無奈的是，你們算天算地算人，還是算不透人心，哪怕自小被你們帶大的徒弟，你們也算不透！

感情豈是可以算透的？如果可以，這世間哪裡還需要紅塵練心，輕鬆算透，放下，不就立地成佛，得道成仙了嗎？

第三十七章 鬼市所在

第二天一大早，我們就趕去了劉師傅那裡，卻不想沈星早就等在了那裡，穿著一身野外服裝，倒是顯得很精神、很漂亮的樣子，哪裡還有半點不正常。

見到我和承心哥，她落落大方地上來打了個招呼，說了一聲：「你們好。」

這樣的表現倒是讓我和承心哥很震驚，原本我們以為她應該是一個不好接近而孤僻的人，現在看來倒不是這樣的。

沈星熱情的招呼，倒是讓我和承心哥有些不知所措，但顯然，面對女人承心哥比我適應得快，他問道：「劉師傅呢？我們還上去嗎？」

「不用上去了，我直接帶著你們去吧。」沈星很乾脆地說道。

「那這就出發？」我總覺得有些太突然了。

「沒看見我穿的衣服嗎？你們也去弄一身，哦，還有一樣最重要的東西要買。」沈星回答道。

兩個小時以後。

我們一行三人去到了火車站，目的地是一個不太出名的城市，這一次的鬼市就設在那裡。

但是沈星帶我們去買的衣服，讓我們得知，去到鬼市沒那麼簡單，不然穿什麼野外服裝？穿這個就意味著就算不翻山越嶺，也得爬山涉水。

最重要的是，她帶著我們一人買了一個面具，說這是非常必要的。

這些行為更讓我和承心哥對鬼市充滿了好奇。

那個城市只是一個小城市，加上也不是什麼特別的節日，我們很乾脆地就買到了軟臥的車票，而且在兩個小時以後，就可以坐上火車。

「這一次在五號地點，也不算太遠，若是最偏遠的十七號地點，那得提前半個月出發吧。」上火車後，沈星長吁了一口氣，如釋重負地對我們說道。

然後就從包包裡拿出一個軟墊子，舒舒服服地靠在了臥鋪上。

面對她的開朗，我和承心哥的疑問越來越深，感覺就像變了一個人似的，特別是從她拿出一個軟墊的細節來看，這個姑娘是很注重生活品質的，怎麼會甘心待在劉師傅那間黑暗陰森的樓裡呢？

但那涉及到別人的私事兒，我們畢竟不好發問，也就只有憋在心裡。

而沈星彷彿沒有察覺到我們的疑問，或者是她根本不在乎，一路上倒很是開心的樣子，熱情地和我們打牌，說沿途的風景，甚至說笑話，銀鈴般的笑聲飄滿了整個臥鋪的包間。

承心哥悄悄跟我說道：「這女孩子說話開朗又聰明，見識也不淺薄，知識也很豐富。但又不輕浮，挺穩重的樣子，要不是以前見識過她神叨叨的樣子，我都想下手了。」

我一時沒反應過來，有些愣地問著承心哥：「你要下手幹什麼？」

「你是真傻還是假傻啊，當然是下手追她啊。」承心哥一副恨鐵不成鋼的樣子對我說道。

好吧，我是真傻。

這一路的行程，因為有了一個睿智而又開朗的女孩子，倒也不無聊，在第二天的上午，我們恍然未覺就已經抵達了目的所在的城市。

這只是一個普通的小城，依山傍水，風景倒也不錯。

到了這個城市，沈星帶著我們簡單地吃了一頓午飯，買了一些方便的乾糧，便雇傭了一輛當地的三輪車，一路載著我們到了市郊，一開始這裡還有稀稀落落的村民屋子，到了最後，就只剩下連綿的山脈。

三輪車的司機對我們到這裡，倒也不算好奇，只是一邊收錢一邊對我們說：「別看我們這地方小，山好水好的，不然最近怎麼會有好些像你們這樣的人，要到我們這裡爬山，搞野營呢？」

我們笑著也沒有解釋，知道那三輪車司機走遠以後，沈星才說道：「看來有一些人已經提前到了，鬼市是到了時間才會人鬼混雜地開，但提前到也可以和人交換一些東西。」

「你倒挺瞭解的啊。」承心哥笑著說道，畢竟一路行來，我們之間也不拘謹了，說話也就隨便了一些。

「呵呵，走吧。」沈星倒也不多解釋，這個女孩子可以和你談天說地，但只要涉及到一點點關於她私人的事兒，她總會聰明地繞開。

這是一段連綿的山脈，山勢倒也不算難行，只不過這裡的山好像很少有人來，並沒有什麼路，我感覺我們一直是在荊棘中艱難地前行，但偶爾也會發現別人走過的路，還有看見生過篝火的火堆。

就這樣，我們一路說著些不著邊際的話，一路前行，中途就停下來吃了一點兒乾糧，一直走到晚上，還是深處在茫茫的大山中，我爬到一個制高點，看過地形，好像我們已經走到了山脈的中央一般。

晚上，圍繞著篝火，一邊煮著簡單的速食麵，承心哥一邊問沈星：「妳說妳一個女孩子跟我們兩個大男人深更半夜的在這荒山野嶺，妳就不怕嗎？」

沈星一手托著下巴，一手撥弄著篝火，說道：「從那一年開始我就什麼也不怕了，你們敢把我怎麼樣，大不了我就自殺唄。但聽劉師傅說，自殺好像罪孽挺深的，輕易我還是不會選擇的，你們可別逼我啊，呵呵……」

她倒是笑得挺開朗，我和承心哥卻很吃驚，哪有人那麼輕談一個死字的？哪怕只是用開玩笑的語氣！可惜我們又不能問，一路上對她的瞭解讓我們知道問了也是白問。

我不想談論這個話題，於是開口問道：「這要什麼時候才能到地方啊？明天天一亮就是八號了，鬼市可是在九號就開市了啊。」

「明天下午就能到，你們運氣真好，這一次的鬼市是開在五號地點，我曾經來過，其他地方還得劉師傅給我弄到詳細的地圖才能帶你們去呢。記得那一次我來這裡，一個人在這大山裡，晚上聽著到處都有的聲音，嚇得不敢睡覺，一直告訴自己不要哭，不要哭。」說完，她輕鬆地一笑，彷彿是在說別人的事情。

我和承心哥都沉默了，很難想像一個女孩子，按她和劉師傅所說的，一個普通的女孩子，竟然敢一個人進入這茫茫的山脈，還在裡面過夜。

是要有多堅強，才能不哭出來？想到這裡，我對這個叫沈星的女孩子有了一絲敬佩。

吃過簡單的晚飯，一夜無話，幾個人輪流著守夜，很將就地在篝火前睡了一夜，第二天一大早倒也不覺得這山林的夜晚特別難熬，就是頭髮上濕答答的露水，讓人覺得有些涼。

幸好沈星提前讓我們買了野外服裝，不然這一身都得潮呼呼的，一走熱了，還不感冒？

簡單地吃了早飯，我們又繼續前行，隨著山脈的深入，幾乎完全是看不到人類活動的痕跡了，承心哥一路上走得比較難受，大呼小叫的，因為這樣的山脈裡常常會發現一些藥材，可惜我們不是來採藥的，而且趕時間，他也只能大呼小叫地喊喊，然後遺憾地走過，並且自我安慰般地對我說：「老子這是為了給後人留下一點天才地寶。」

沈星果然沒騙我們，到了下午時分，我們爬上了一個山坡，站在山坡上，我們一下子就看見了，山坡下面是一個山谷，而山谷裡竟然有一片連著的建築物，遠遠地就看見，有好些人在那片建築裡活動。

「很吃驚嗎？只是廢物利用而已，這裡以前是一個部隊駐紮的地方，部隊走後，就變成了現在鬼市開市的一個場所，我們是從背後繞過來的，加上在山中步行，才走了那麼久。」沈星笑著解釋道。

而我和承心哥卻望著山谷中的地方，心中震驚，怎麼也想不到鬼市竟然會在這麼一個地方。

第三十八章　顧老頭兒

「在以前，很多山溝裡都有部隊，遠離人煙。因為特殊的原因部隊調離了，走之前，用磚頭把窗戶、門什麼的封上，然後就走了。這樣的地方過不了一年，就荒草萋萋，更是杳無人煙了。一般鬼市就開在這樣的地方。」沈星一邊走一邊和我們說著，而我和承心哥則大步地前行。

心裡也說不上到底是激動還是忐忑，比起來沈星那丫頭倒是淡定許多，還有心一路給我們解釋，興許也是她來過一次的關係吧。

下坡並沒有什麼路，只是有明顯的人類踩踏的痕跡，有些陡峭，不過從痕跡上來看，估計大部分人或許在山裡行走的路不一樣，但都是從這山坡下來的。

路是陡峭了一些，但畢竟是下坡路，我們走了不到半個小時，終於到了這片建築物的大門口。

建築物的大門口很簡單，一道大鐵門，鐵門外是一個崗亭，因為隔著鐵門，所以也看不清楚門內的場景，但是鐵門外長滿了荒草，有些淒涼的樣子。

我點了一枝菸，平復了一下心情，就帶頭朝前走去，承心哥緊緊地跟在我身後，沈星那丫頭則走在最後，也不言語。

可走到鐵門面前的時候，我才看見大門上有一把大鎖，用力推了推，紋絲不動。

「幹什麼的？」就在我想問沈星怎麼回事兒的時候，一個聽起來有些蒼老的聲音突兀地就出現了。

我轉頭一看，才發現崗亭內原來有一個老頭兒，此時正從崗亭的窗子裡探出了一個腦袋，目光有些不友善地盯著我們。

我只是看了他一眼，心中就有些震撼，這個老頭兒不簡單。

要知道，功力越是高深之人，眼睛也就越明亮，那是靈魂力的代表，一個人如果眼睛渾濁，他的精氣神一定很差，甚至靈魂都有些虛弱。

「看一個道人，先看他的眼睛，明亮的功力一般都不差。接著，再看他的眼神，也就可以看出一點兒心性來。」這是師傅曾經教我的話，但是師傅他老人家消失得太早，估計沒見識過現在的美瞳和化妝技術，讓我一走上街，就看見滿街的女高人。

發現問題的不只是我，連承心哥也發現了，小聲在我耳邊嘀咕：「這老頭兒估計厲害，連樣子都沒看清楚，就看見一雙眼睛賊亮賊亮的，也不知道晚上能像狼眼睛一樣反綠光不？」

我沒理會承心哥，倒是疑惑地看了沈星一眼，沈星淡淡一笑，說道：「故意不說的，就是讓你們記住在鬼市別莽撞。」

這丫頭，心思真多。

現在不是和她扯淡的時候，我和承心哥徑直走向了崗亭，那老頭兒已經縮了回去，正悠閒地坐在那裡搧扇子，手上端著一個搪瓷缸子，裡面散發出來的茶香，讓我這個跟著師傅喝了很多好茶的人，都禁不住讚了一聲。

看見我和承心哥的到來，這老頭兒沒問什麼，反倒是開始上上下下地打量著我們。

在這個時候，我也仔細打量起他來，頭髮有些花白，很長，隨意地用根橡皮筋紮了，身上穿一件黃色的道袍，胸口敞著，有些髒，同樣髒的是他的白色棉褲，只有腳上穿的十方鞋倒還乾淨。

而他的五官非常的普通，只是和我師傅一樣不怎麼顯老，眼睛在這個時候也恢復了正常，跟普通人沒什麼區別，眼神平靜得如同一汪湖水，想通過眼神看心性兒怕是不現實了。

這讓我的心裡又「咯噔」一下，外放簡單，內斂難，至少我沒有這個境界，要我師傅才行，不然他頂著一雙明亮的眼睛，在街上看美女，估計會增加被打的機率。

「打死你丫的，一見美女就兩眼放光的典型。」我估計人們會這麼想。

就這樣沉默了幾秒，那老頭兒伸手摳了摳頭皮，在頭皮屑的飛舞下，他忽然就笑了，然後目光直接繞過我和承心哥，對著沈星笑道：「妳這小丫頭，又來了？」

沈星抿了抿嘴，笑著說道：「顧爺爺好，這次不是我來，我是幫劉師傅帶兩個朋友來的。我不進鬼市，就在周邊等著散市，然後一起走。」

「不進好，不進好。求神尚不能多，何況與鬼交易。」他樂呵呵地給沈星說了一句，然後才把目光轉向我和承心哥，說道：「報姓名，師承，沒有師承，就拿出一兩樣小本事兒證明證明，普通人可不能進這鬼市。」

普通人不能進，那沈星咋進的？我心中疑惑，但涉及到沈星的私事兒，我也不能和那老頭兒爭辯，於是開口說道：「陳承一，師承姜立淳，我們這一脈沒什麼名字，就叫老李一脈。」

我剛一說話，那老頭兒的眼睛猛地一亮，眼神中流露出一絲震驚，但對著我的神情卻是緩和了很多，而這時承心哥也開口說道：「蘇承心，師承陳立仁，和他同一脈。」

那老頭聽我們說完「嘖」「嘖」地歎了兩聲，說道：「這可是稀客中的稀客，等我看看。」

我不知道他要看什麼，正疑惑，卻看見他從抽屜裡拿出了一個布滿黑乎乎指印的白冊子，開始翻看了起來，過了好些時候，他才抬頭說道：「果真是老李一脈，這吹的是什麼風啊，還一吹吹來兩個，一人交一千塊錢，進去吧。」

「還要交錢？」承心哥一邊掏錢，一邊隨口問了一句。

那老頭兒一把搶過承心哥手中的錢，有些憤怒地念叨著：「怎麼不交錢？你進去住，用水，用電，哪樣不是錢？要不是看在你是老李一脈，老子都懶得罵你，直接把你打回去了。」

承心哥不敢回嘴，挺無奈的，他那張溫潤溫和任誰都有好感的臉，對這老頭兒可沒作用，那老頭兒甩著唾沫星子，數了一千塊錢出來，然後把剩下的錢扔回給了承心哥。

在望向我的時候，我哪兒還敢怠慢，趕緊把數好的一千塊錢遞了過去，他才滿意地點點頭，從抽屜了摸了兩本薄薄的、印刷粗陋的小冊子扔給了我們，然後才甩著鑰匙，懶洋洋地去開門了。

「咯吱」「咯吱」生銹的鐵門在打開的時候，發出了難聽的聲音，那顧老頭兒則毫不在意地一邊開門一邊對我們說道：「十二號晚上十二點以前，這扇大門是不能出去的，當然你們也可以待到十三號再走。」

隨著大門的關閉，我望了一眼顧老頭兒，總覺得在他身上，或許能知道一些我們老李一脈的事兒吧，無奈這老頭兒有些油鹽不進，生人勿擾的樣子，要從他那裡打聽到什麼，肯定也挺難。

站在門內，一眼看見的就是一條水泥路，直通到一個很大的壩子，壩子的兩旁有兩棟紅磚樓，隔得遠了，也不知道有沒有人在那裡。

在裡面並沒有我想像的那樣熱鬧，反倒是一個人影都看不見，要不是在山坡上曾看見有人活動的身影，我怕是會懷疑自己來錯了地方。

整了整背包，我說道：「走吧。」

可是沈星卻說道：「你和承心還是在進去之前，先看看手裡的冊子再說。」

我知道沈星不會無的放矢，於是翻開了手中那本印製粗劣的冊子，沒想到一開篇，就詳細地介紹了二十一個鬼市所在的地點，接下來的一部分，則重點介紹了五號鬼市。

看完這一部分之後，我終於知道這裡為什麼沒人了，原來進了這裡、住哪裡，可以在什麼地方活動，都是有著嚴格要求的，這樣做的原因，是為了避免人鬼衝撞，或者發生什麼不好的事件。

總之，我才知道原來這裡的一切都在監管之下，這一次負責監管的原來有兩個組織，其中一個組織是某方大脈，由平日閒散、不怎麼出世的高人臨時組成的，就簡稱明組織吧。

而另外一個組織，則是由一些出世之人組成，不過好像行事不怎麼磊落吧，就簡稱暗組織吧。

看完這些，我才發現，自己真的是一個井底之蛙。

第三十九章　鬼市見聞

有了這本薄薄的冊子，我們一路倒也順利，沒有亂撞，很快就找到了住的地方。

那是一排排的兵營，其中一些被改造成了臨時的居所，說是改造，無非就是把窗戶上的磚頭給拆了，大概的打掃了一下。

我們拿著冊子來到這裡，很快就有人在兵營門口接應我們，帶著我們走入了營區，真正進入了營區，我們才發現人真的不少，但感覺這裡的人或多或少都有些怪異，或是冷漠，或是狂放，甚至我還看見有人擺個碗要錢的。

本著儘量不惹事的原則，我的目光也沒在這些人身上多停留，我不瞭解圈子裡的人，但沈星有告訴我，這裡的人脾氣大多很怪，或許是在世俗中面具戴得久了，到這全是圈子人的地方來，反倒一點兒也不壓抑了。

有時你的目光在他身上多停留一會兒，都會被視作挑釁。

我不是來惹麻煩的，當然也就特別注意，只是大概掃了一圈，就目不斜視地被帶到了我們住的地方。

這是一個比較邊緣的住地，打開房門，倒也收拾得整潔乾淨，屋子裡除了一個裝水的缸子，就是兩張簡單鋪了一下、堆著被子的上下床。

在這裡可沒有什麼男女的顧忌，總之是一起的，就被安排在一處，沈星倒也不介意，放下背包，說道：「我的活動範圍就在這裡了，這次鬼市我不會進去的，你們不介意我一個女孩子獨佔一張床吧？」

「當然不介意。」承心哥溫和地笑笑，其實沈星這女孩子已經很不錯了，沒有表現出和男人同房就大驚小怪，讓我們尷尬，我們又怎麼會介意她？

連續幾天的奔波，讓我們進屋後就有些疲憊，用少量的水簡單地洗漱了一下，沈星就和衣在床上休息了，而我和承心哥顯然是不會休息的。

按照鬼市的規矩，在鬼市正式開市以前，也是允許圈內人互相交易的，而且特意還提供了場地，我和承心哥沒接觸過圈子，自然對這樣的交易特別好奇，也想看看能不能找到對我們有用的東西，為此我們還帶了好些錢。

簡單收拾了一下，我們就要出門，沈星躺在床上拿出一本書，懶洋洋地對我們說道：「回來的時候幫我打盒飯吧，你們不介意吧？」

「得了，美女，不介意，妳這幾天的伙食不該我們包嗎？」承心哥溫和地笑著說道，我總感覺承心哥對沈星很有好感的樣子，但這種事兒，承心哥不說，我哪裡又好多問。

走出房門，承心哥又習慣性地拉著我，這動作比較容易讓人誤會，周圍立刻就有了幾道探尋的目光，但承心哥也不在意，對我說道：「有上大學的感覺嗎？限電，去食堂吃飯。」

「得了，大學好歹不限水啊，在這裡，攏屋子裡的水用完了，再買得兩百塊錢一桶。而且大學食堂裡的飯敢賣五十塊錢一份嗎？」我搖頭說道。

「就是，電超出了得五塊錢一度。我看這裡大概也有幾千人的樣子吧，這組織鬼市的兩個組織挺發財的。」承心哥也感慨道。

接著，我們倆就沒有再多議論了，普通人以為的高人就應該在深山老林裡隱居，視金錢如糞土，舉手投足之間一派仙風道骨的風度，其實如果可以，真的應該拉他們到這裡來看看，正常人就真沒幾個。

接觸天機和鬼神過多的人，他們的世界怎麼可能正常？這修心比普通人還難上許多。

交易的場所離我們所在的地方並不遠，十分鐘就走到了，一到這裡，我就看見在這裡聚集了不少人，大概八、九十個的樣子，圍在鐵門前，也不知道在幹些什麼？

「這圍牆倒像臨時修的啊。」承心哥無意說了一句，我才注意到這裡真的是臨時修了一堵圍牆，也不知道裡面是什麼樣子的。

我還沒來得及答承心哥的話，忽然就被人拉住了，我轉頭一看，是一個不認識的人，長得有些獐頭鼠目的，但一雙眼睛和普通人比起來，倒算賊亮賊亮的。

「你是誰？」我有些疑惑地問道。

「小兄弟，這裡進去要一千塊錢，你說我跋山涉水來到這裡容易嗎？我窮啊，借我點錢唄，一兩百不嫌少，三、五百也不嫌多，謝謝了，謝謝了。」這人一開口竟然對我說的是這個。

我有些哭笑不得，敢情在院子裡擺碗的人也不是玩個性，是真乞討嗎？

見我的表情，這人很是著急地說道：「小兄弟，我不是吹牛，你去打聽打聽我吳老二，我抓鬼很厲害的。可你知道現在抓鬼的不好混啊，有人遇見了，倒楣了，也不知道自己遇見了，混進富豪圈子又需要人脈，這修行又需要錢。我這來一趟，真快負擔不起了啊。」

這獐頭鼠目的傢伙抓鬼很厲害？可能普通人不會相信，但我一下就相信了，他在和我交談的時候，手比了一個手勢，這是施展一個較難的術法時必須的起手式，一般的騙子怎麼可能懂？再說這裡也不太可能混進騙子來。

但我也沒有急著掏錢出來，在這裡人與人是不可能交心的，畢竟道不同不相為謀，我只是問道：「那麼圍在這裡的人都是沒錢進去的嗎？如果沒錢進去，還來這裡幹嘛？」

「也不是沒錢進去，是捨不得錢進去，畢竟鬼市召開在今晚十二點，現在資源越來越少，這人和人的交易能淘到什麼好東西？但鬼市畢竟半年才召開一次，誰知道會不會有人拿出好東西來呢？我們聚在這裡，能找人弄點錢就進去，找不到就在外面守消息，看看有沒有什麼好東西沒賣掉的，就去私下找那人，說不定身上正好有那人需要的東西呢？」說著他壓低了聲音對我說道：「私下交易在這裡是不合規矩的，因為哪個輪到的組織不狠狠搜刮一番啊？一個鬼市，他們能弄到好幾千萬，分下來也夠修行的資源了。所以，只要不要太過分，私下交易也是可以的。」

看來這吳老二還挺懂規矩的，他跟我說的這些消息也算有用，雖然我根本就不知道這所謂的好東西是什麼概念，但我還是摸了兩百塊錢出來遞給吳老二。

畢竟錢我不是很緊張，我來這裡主要的目的還是為了消息。

吳老二收了錢，很是高興地對我說道：「今天你還是第一個給我錢的主兒，以後有什麼再遇見，有什麼要問的，儘管找我啊。」

說完，吳老二就要走，我卻叫住了他：「我還有一個問題想問你，你剛才說我是第一個給你錢的人，這鬼市難道還少富豪嗎？你不找他們？」

「我呸，找他們？全被那些算命的，搞風水，會邪術聚財聚運借壽的給包圍了，哪兒輪得到我一個抓鬼的？再說，抓鬼的還有很多比我厲害的了。小兄弟，你有本事，倒是可以去結交結交，不說在這鬼市咋樣，就算出去吧，也能有做生意的人脈圈子啊。」吳老二簡直是知無不言，言無不盡。

我笑了笑沒有搭腔，忽然就想起了那本簡陋的筆記本，那是王師叔給我的，上面記錄了很多他的客戶，他也帶我去見了不少，現在才知道他給我的是多麼寶貴的一筆財產，拿到鬼市上怕是都有很多人搶著要這筆記本吧。

想到這裡，我有些失神，我好想師傅，好想師叔們，好想慧大爺和凌青奶奶，這些年來這是我第一次這麼正面地承認我想他們。

直到承心哥在旁邊催我：「進去吧！」我才回過神來。

在門口交錢的時候，承心哥問我：「承一啊，你眼睛怎麼紅通通的啊？」

「哦，估計掉了一根眼睫毛進去，剛才還癢呢。」

第四十章 碰撞

終於，我和承心哥進入了這個交易的市場，一進去，我們就被擁擠的人群，嘈雜的人聲弄暈了。

我說在其他地方見不著多少人，原來全聚集在這裡了，看來修者有錢的也不少，或者他們願意把錢花在這種地方吧。

過了好一會兒，我和承心哥才適應了這種氣氛，適應了幾千人擠在一個有著巨大頂棚的壩子裡，跟逛街似的，菜市場絕對沒有這裡熱鬧。

如果硬要形容的話，就跟現在的招聘會似的，可以想像，這裡到底有多少人！怪不得吳老二說這裡的兩個組織輕鬆就能弄到好幾千萬。

但細算下來，這人口比例其實低到可怕，要知道堂堂華夏十幾億人，這裡上上下下的人加起來不過一萬人左右吧，沈星跟我說過，鬼市可是集中了百分之八十的圈內人。

我們來這裡，當然不是看人擠人的，而這裡的空間也比現在的職場招聘會大多了，好歹還能讓人比較從容地逛著，我和承心哥自然在適應了之後，就開始迫不及待地逛了起來。

這時，我們才清楚地看見，原來頂上的棚子就是一塊簡單而巨大的白布，在白布之下，有著一個個分為十排、挨得十分緊、非常簡陋的攤位，簡陋到什麼地步呢？就是幾根竹竿子撐著一塊防水布這樣的形式，在下面僅僅有一張桌子，一張椅子罷了。

桌子是用來擺放要交易的物品的，而椅子上自然是坐著攤主，而這些攤主也很奇怪，每一個人都戴著面具，身體前後都用布遮著，可見防備到了什麼地步！

而離攤位一米左右的距離，有著一條條顏色鮮明的黃線，我和承心哥幾乎是同時就敏感地發現了，每一排攤位的黃線之內，除了幾十個黑衣人在那裡來回走動外，沒有一個人在行走時敢靠近攤位。

另外，在進去看貨的時候，立刻就會有一個黑衣人跟在外面，每次只能進去一個人看貨，具體是怎麼樣的，我還沒搞懂規矩，但這樣應該是為了防止有人混水摸魚，拿走桌子上的東西。

我和承心哥是充滿了新鮮感進入了這個交易市場，但走到第一個攤位的時候，承心哥就走不動路了，這個攤位上具體的貨是什麼，我們看不見，但在桌子前清清楚楚地擺了一個招牌：「百年老山參。」

試問，在資源如此匱乏的今天，承心哥又身為一個醫字脈的傳人，忽然看見了這個，怎麼可能不激動？師祖留給我們的東西是豐富的，至少我知道，在承心哥那裡就有兩枝百年老山參，還有一小截傳說中是參精的根鬚，但誰敢輕易去動用它們？就如我也不敢輕易去動用我們山字脈的東西一般。

幾乎是毫不猶豫的，承心哥邁步就朝著這個攤位走去，卻被一個黑衣人攔住了，心裡情緒已經快失控的承心哥一下子被攔住，第一次讓我看見了不淡定的一面，他皺著眉頭問那黑衣人：

「你要做什麼？」

那黑衣人還算禮貌，無視承心哥的無禮，說道：「請你預約。」

承心哥還待再說，我已經走過去，輕輕拍了拍承心哥的肩膀，我們師兄弟之間自然是有默契，我不用多說，他多少也平復了一下激動的心情，問道：「要怎麼預約？」

「請你稍等。」說完那黑衣人走到攤主那裡，在那裡拿了一個小木牌子，上面寫著七號，然後遞給了承心哥：「在你前面還有六個人會和攤主談交易，請你注意那裡的數字，如果翻到了七，你憑著牌子就隨時可以進來。如果牌子沒有了，那麼攤主的交易也完成了。每一個數字最多等二十分鐘，所以你在逛的時候注意點兒，別領太多的牌子。」

那黑衣人估計看出來了我們是第一次來這裡交易，解說得非常詳細，隨著他的指引我們也看見了在那攤位旁邊，的確有個活動牌子，就像以前打籃球時很老式的那種手動計分器，倒也簡單明瞭。

而且他還告訴了我們不必著急，每一次只發十個牌子，錯過了就等下一輪。

在瞭解了以後，他問我們要了五十塊錢的服務費，就離開了，這個地方真的是做什麼都要錢，也難怪他服務態度那麼好。

在離開以後，承心哥的態度有些焦躁，他生怕那百年老山參被別人捷足先登了，我只能小聲勸解著，讓承心哥不要焦躁，畢竟有些東西還是靠緣分的。

就在我們小聲說話的時候，一聲冷哼在我耳邊響起，我轉頭一看，一下子就看見了林辰。

我第一個反應是那麼巧啊，第二個反應卻又釋然了，很簡單，這裡聚集了百分之八十的圈內人，我能遇見他不算奇怪，奇怪只有一點，曾經那個吼過林辰的老者，現在竟然是站在林辰的身後，態度恭敬。

看來，吳立宇那一輩的離開，讓這林辰的地位倒是水漲船高了。

我望著林辰，但沒打算和他說什麼，我不認為我會和他再有什麼交集，他們那組織就算要逆天，也自然有人去收拾，何況不是被我師傅「拐走」了一批頂樑柱，估計逆天能力也有所下降。

時間寶貴，我還想在這交易市場尋找我需要的東西。

卻不想我剛轉頭，林辰就開口了，聲音非常大：「哎喲，老李一脈不是挺清高的嗎？怎麼關門大弟子，山字脈的傳人陳承一會來鬼市交易啊？你們這假正經的一脈，不是最怕沾染因果嗎？難道沒有常識，不知道與鬼交易，代價大，因果也大嗎？難道是你這關門大弟子有叛逆精神，準備給你們老李一脈帶來新氣象？」

林辰的話剛落音，我就聽見周圍響起了議論聲。

「什麼？老李一脈？」

「那個把我逼得跟落水狗似的王立樸的那一脈？」

「老李一脈的人來這裡？這圈子內難道是發生了什麼？」

「聽說姜立淳好像失蹤了。」

「真的？」

這些議論簡直蘊含了豐富的資訊充斥在我耳畔，讓我一時有些回不過神，這還是我聽見的一部分議論，沒聽見的呢？而且我明顯地感覺到有好幾道探尋的目光落在了我和承心哥的身上，讓我忍不住暗罵自己，他媽的靈覺，要不要這麼敏感，連別人在看自己都知道。

我深吸了一口氣，不想理會林辰的挑釁，我只是來這裡交易，卻沒興趣和他爭辯什麼，也沒興趣深入圈子，師傅做的事自然有他的道理，我沒有不遵循的理由。

所以，我不接話，拉著承心哥轉身就要走。

但林辰根本就不甘休，他忽然喊道：「陳承一，你看這個。」

我停下腳步，轉身一看，卻看見他從脖子上取出一個用黑布包著的鏈墜，我盯著他不知何意，他卻說道：「這裡面是一截指骨，指骨裡住著我今生最遺憾的一個心結。因為遺憾，所以只能日夜相伴！知道這心結是什麼嗎？」

我的心開始劇烈地跳動起來，黑布包著骨器，這是拘魂法器，太明顯了，所以裡面只可能存在一樣東西，那就是亡魂！

我的眼中開始有了怒火，我期待林辰下一刻不要說出讓我無法接受的答案，我緊緊地盯著他的嘴唇，可我看見他的嘴唇蕩起了一圈笑紋，然後輕輕動了一下，吐出了兩個字：「愛琳。」

「我×你媽的！」我再也忍不住，幾步就衝了過去，我的憤怒不是沒有道理，愛琳已經身死，最好的辦法當然是超渡讓她離去，這個林辰竟然用愛琳的指骨招來了愛琳的靈魂，並拘禁在裡面，這對愛琳是多麼大的折磨？

他太自私，他也太瘋狂，愛琳的愛情，情願一死都不願意捨棄的愛情，竟然被林辰這樣糟蹋了。

可我根本沒有成功地衝到林辰面前，就被幾個黑衣人「禮貌」地攔住了，告誡我，在這個交易市場不允許任何形式的打鬥、鬥法。

林辰則淡定地站在那裡說道：「陳承一，我對你的恨你不知道有多深？當年若不是你和你師傅阻止我帶走愛琳，我怎麼可能只能召來跟白癡一樣的殘魂，我會完整地擁有她。而且你，註定是我的踏腳石。等著吧，交易市場有好戲等著你。」

說完林辰轉身就走，而我因為憤怒，眼睛都充血了，對著林辰大罵道：「你狗日的，這樣的法器最多二十年就會讓愛琳魂飛魄散，你放了她！」

可林辰根本沒有回頭。

第四十一章　陰謀？

望著林辰的背影，我老是想起愛琳的音容相貌，幾乎是在強迫自己冷靜，因為我知道我在這裡跟他說什麼，也是無用的，那就以後再解決吧，一定能解決的，不是還有時間嗎？他不是還要和我沒完嗎？

我捏緊了拳頭，我和師傅一樣，我們不會去主動招惹是非，但是非真的來了，也不會怕了。

這一鬧場讓我和承心哥幾乎成為人們目光和議論的中心，儘管我不太在意別人對我們老李一脈是咋想的，可其中有幾道目光，那種不善的探尋，也著實讓我心生警惕。

深吸了一口氣，我繼續留在了這個交易場所，我又怎麼可能退縮，我還要在這裡尋找我需要的東西。

承心哥就站在我旁邊，不知道什麼時候從手裡摸出了一根金針，靈巧地在指間轉動著，讓人眼花繚亂，他笑得是那樣溫和，語氣淡淡地跟我說道：「我去教訓教訓那個林辰，把愛琳的殘魂搶回來吧。」

醫生當然是救人的，但醫生說要整人、害人那絕對是件更可怕的事情，何況是我們老李一脈的醫字脈，掌握的祕術是極多的。

我搖搖頭，勉強笑著對承心哥說了一句：「不了，他是山字脈的人，如若他找上我，是你出手，我們老李這一脈的山字脈就淪為笑柄了。我會解決！」

「好，但別強撐，別忘了我們是同門。」承心哥收起了金針，很簡短地說了一句。

師兄弟之間的感情和默契，確實不用再多的廢話。

一場鬧劇過去，我和承心哥很快就調整好心情，繼續逛起這個市場，旁人怎麼樣，我們視而不見，充耳不聞。

第一次接觸圈子的市場，很多事情也的確讓我們新鮮，在這裡賣的東西的確有些是稀奇古怪，匪夷所思。

一路走來，賣法器的最多，第二多的就是各種祕術，比較稀少的藥草，每一個藥草攤位的預約都是極多的。除了這三大類，剩下的幾乎就可以歸結為稀奇古怪了，就比如有賣自己的，若誰願意買，可以跟隨誰幾年當幫手或打手。就比如有賣鬼的，可能是我比較孤陋寡聞，完全不知道鬼買來要做什麼，甚至還有賣壽，賣運的，這種幾乎是修者的根本，我也揣測不透他們到底是要求什麼，要賣出自己這些東西。

可能常人覺得壽命和運氣能買？扯淡吧！但對圈子裡的人來說，絕對不是扯淡，借命術、借運術雖是大術，但絕對不是祕術，若是有一個不反抗的人配合，那就真能借走！

這麼一路看下來，我對幾件兒風水法器還是頗有興趣的，畢竟我是山字脈，師傅留給我的東西裡沒有什麼風水件兒，我看風水手上的功夫到底是比不上師妹和王師叔，是用飛星祕法定位，也差了少許，有一件兒輔助望氣的法器倒也是好的。

另外，有幾件兒鎮家宅的法器，經過道家之人溫養，觀之，靈氣蘊含其中，遇見比較麻煩的局，有這樣的物件就簡單多了，倒是可以賣給大客戶。

可是，這裡的集會貨真價實的富豪少嗎？這類東西顯然是最受他們歡迎的，論也論不上我。

想想，我也就釋然了，我的風水堪輿水準也就是個家宅的水準，大風水也輪不上我，要那些也沒用。

所以，這麼一路走下來，倒還真沒特別吸引我的東西，反觀承心哥已經收了好幾個牌子了，當然都是賣藥草的攤子。

一個小時以後，我們逛完了八排攤位，我是一無所獲，而承心哥特意去看了一下，那家賣百年老山參的攤位已經輪到他了，我很是理解地對他說道：「你去吧，剩下的兩排攤位我自己逛。」

承心哥幾乎是迫不及待地就去了，而我剛一走進這兩排攤位就發現這裡人很少，仔細一看，才發現這裡是求購的攤位，怪不得比起賣東西的地方，這裡的人那麼少。

不過，能在這裡租一個求購攤位的，也絕對是有錢人，因為只在這裡隨意走了一會兒，我就得到了一個資訊，就比如一個賣東西的攤位，一天下來的租金是一千，如果東西特別珍貴，能吸引人氣，甚至是免費。

但是這求購的攤位，就不一樣，一天一萬塊，一分錢都不能少，這一萬塊在九九年也絕對不算小數目了。

對於求購的攤子，我只是信步逛了一會兒就沒興趣了，這裡大多是富豪擺設的，求購的大多也是人，最受歡迎的就是「御用風水先生」一年多少錢，明碼實價。

但也有求有名氣的道士的，這是一個比較錯誤的說法，因為在普通人眼裡，抓鬼的是道士，看風水的是風水先生，概念混淆，像這種攤位給的價錢也不低，一般就是惹上了什麼仇人，或者想報復誰，所以才求道士的。

說實話，這種恩怨就算錢給得再高，我也沒興趣去插手，而且就我這模樣，估計對於陌生的人，也是不相信我的本事的。

除了這些，也有少量的修者擺攤，要求的東西不是稀奇古怪就是珍惜得很，反正與我無關。這也就是鬼市的人類交易市場，逛了市場那麼久，我心中已經模糊地有了一個概念，我們老李一脈的傳承真算是「富得流油」那種了吧？讓我不得不去想，我那師祖該不會是去搶劫了一個道家寶庫之類的吧。

再或者，難道是昆侖？這個想法一冒頭，就被我壓下去了，很簡單，如果真是昆侖之物，那就是仙家之物了，我他媽還不趕緊成仙去？

在求購攤位意興闌珊地走了一小段兒，我便沒有了興趣，但想著承心哥還在市場裡交易，我鬼使神差地便又信步繼續走了下去。

或者，正應了不是冤家不聚頭這句話，在前面不遠的攤位，我看見林辰正從裡面出來，我一眼就看見了他。

大家都是成年人，我要憑藉「說服教育」他去放了愛琳是不可能的，所以我也就對他視而不見了，卻不想他一眼就看見了我，忽然又笑了，幾乎是笑得張狂。

這怕是有些莫名其妙，我也懶得理他，裝作沒看見地朝前走去，很快就與他擦肩而過，但我好奇他進去那個攤位是什麼，不由得就轉頭看了一眼，卻發現上面寫的求購要求簡單、籠統但口氣頗大：收一些道家奇珍異寶，有資訊也可。

能被道家稱呼為奇珍異寶的無非就是兩樣東西，一樣是珍貴的法器，一樣就是各種草藥。草藥倒也罷了，在世俗也是天價之物，至於法器，也許在普通人手裡頂多發揮古玩的功效，但在懂行的人手裡，賣什麼天價都不為過。

收購攤位隔著門簾，裡面的主人我也看不太清楚，在和林辰擦肩而過的時候，我心裡就只有一個想法：「這裡的主人是富可敵國嗎？」

但也就在這時，我耳邊傳來一個壓低了的聲音：「沒想到好戲這麼快就開場了，不僅是你，你們這一脈都被我賣了一個好價錢，哈哈哈……」

接著，就是毫不掩飾的張狂笑聲。

我一下子停住了腳步，轉頭看見的就是林辰那笑得異常囂張的臉，我還沒來得及開口詢問什麼，就聽林辰喊道：「上人，剛才我給你說的其中一人就在這裡，你快出來看看吧。」

什麼意思？我一下子皺緊了眉頭，幾乎是下意識地眼睛死死地盯著那個攤位。

「那就把他留下吧。」人沒出來，一個囂張的聲音先從攤位裡傳了出來，沒有任何友善的意思，彷彿讓我留下是理所當然的事情。

在聲音傳出後，不到兩秒，一個異常高大的身影從攤位裡走了出來。

第四十二章 強勢

那個人出來的一瞬間，我產生了錯覺，或者那是一種心理上的壓力。

如今正是五月晴好的天氣，下午的陽光也很炙熱，這個交易地兒雖然頂上蒙了一層白布，但陽光透進來是毫無問題。

但這個身穿黑袍的高大身影一出來，我感覺到陽光都消失了，他如同一個黑洞一般吞噬了所有的光線，突兀地立在你面前，給你無盡的壓力。

當他幾步走近我跟前時，我的皮膚感覺到了一股乾燥的冷，心裡則感覺到了陰沉。

在這種時刻，周圍光線沒了，我的眼中只剩下了那個高大的身影，感覺眼球都被壓迫，而嘈雜的市場也變得安靜了起來，彷彿只有我和他處在一個絕對靜謐的空間，氣場不斷地彼此欺壓。

我咬住舌尖，心中不斷地默念起靜心口訣，好一會兒才感覺緩和過來。

這時，我才感覺周圍恢復了正常，陽光又出現了，嘈雜的人聲又恢復了。

站在我跟前的那個穿著黑袍的身影貌似也收起了那種驚人的氣場，看著手錶，意味深長地對我說了一句：「很好，不到一秒就清醒了過來。」

而我心中卻震驚非常，這是什麼境界，氣場外放！純粹是用氣勢壓迫人的一種功夫，說起來這在現實中並不奇怪，就好比兩人打架，其中一方身材不怎麼強壯，但就是有一種兇厲的氣場，會弄得另一方不怎麼敢動手。

但這種氣場是隨身的，更接近於一個人的氣質。

在修者中，這才是真正的氣場，能做到氣場外放的無一不是功力深厚到了一定境界的人，更不要說更高一層的，就如我眼前這個人，他的氣場根本就是收放自如。

但這些也只是讓我有些驚奇罷了，遠遠到不了震驚的地步，畢竟我動用中茅之術，是真正感受過我師祖的氣場的，只不過因為一脈相承，所以沒有那麼震撼的感覺罷了。

真正讓我震驚的是這個人是傳說中的「邪道」！真正的邪道！

眾所周知，修者練氣，內練一口元氣，外吸天地靈氣，這樣的修者不管行事如何乖張怪異，他從性質上來說，仍是屬於正道的，畢竟他的功法是正道功法。

可是邪道呢？他們練功吸收的是陰氣，甚至在必要的時候會需要屍氣、死氣！具體的我不太瞭解，就比如涉及到死氣、屍氣是什麼樣的原因，但是吸收陰氣我卻是能明白的，很簡單，他們在走捷徑，因為靈魂的本質是陰性的力量，他們懶得通過苦修，用陰陽調和的方式壯大，以為一口靈氣補充元氣滿滿滋養身體乃至靈魂，而是非常直接地就通過吸收陰氣來壯大靈魂！

靈魂壯大了，靈魂力的強大也就代表了某種極端的功力高深，而所有的術法他們用起來也威力奇大，因為沒有一個術法是不牽扯到靈魂力的。

但是陰氣畢竟是陰氣，中間蘊含的負面東西太多，吸收了太多，也就導致了這些邪道個個性格都偏激極端！

要知道在這世間，一口純淨的天地陰氣是何等至寶？大多的陰氣產生都是依靠死亡，鬼魂聚集之地而產生，這樣的陰氣有多大的負面效果，可想而知。

所以，面對這個人語氣冷淡的「讚美」，我可不認為是誇獎，因為下一刻他也有可能翻臉，邪道之人的性格都不可揣測，何況是一個功力高深到如此地步的人。

「哈哈哈，那我就先走了。」林辰狂放地笑了幾聲，轉臉又滿帶尊重地對那個黑袍人行了一個禮，然後就轉身走掉了。

我心中已經清楚是怎麼回事兒，只是冷冷地看了林辰一眼，便沒多言，我太明白，就算和這個人有再多的恩怨，此時此地也不是解決的時候。

「很好，對著我，你還能如此鎮靜。」見我沉默，那個黑袍人再次開口說道。

「不然你覺得我該如何？」人不能有傲氣，但不能沒傲骨，師傅曾說轉身與跪下是兩個概念，也就是說你可以面對一件麻煩，不選擇好勇鬥狠，而是轉身離去，但是不是面對麻煩跪下。

我現在的情況是麻煩已經找到頭上來了，我轉身不了，那麼平靜地面對與誠惶誠恐地面對，是我唯一可以選擇的事情。

「好，不愧是老李一脈的人，又臭又硬，也當真夠硬。剛才那討厭的小子沒有說清楚你是誰？那麼，你可以跟我說說你是誰嗎？」這人背著雙手用一種對我頗感興趣的語氣說道。

「陳承一。」我很簡單地說明了，這種事情沒有隱瞞的必要，因為他有心很快也可以打聽出來，我的內心已經平靜，回答問題的時候也在觀察著這個人。

他很高大，身高怕是有一米九還多，本人其實很瘦，但因為肩寬骨骼大，加上本身的氣質，所以給人以高大的感覺，他的面目很乾淨，說不上是英俊，但就是五官簡單乾淨的感覺，但一雙眼睛卻是有些陰沉和兇狠，還有一絲說不出來的邪氣，他有心壓著這種眼神，可惜這是壓不住的，畢竟修邪道，身上總是會有邪味兒。

最後，他比較怪異的地方就是穿一件黑色的道袍，這是我從來沒有見過的新鮮事兒，黑色道袍倒也罷了，可這分明是道袍的衣服卻是貼身型的，他隨意用一根黑色的腰帶紮了，下襬很是隨意的塞在腰帶裡。

這副打扮，倒頗像林正英扮演的道人角色沒著道袍時的打扮，總之有一種說不出的怪異，處處流露出他是一個行事乖張的人。

面對我乾脆的回答，他好像很滿意，說道：「陳承一，那也就是山字脈！聽說醫字脈的那個什麼承心也來了，去，我和你一起，去把他找到。」

他對我說話的語氣就像命令一般，同時他眼睛微微瞇了起來，眼神也彷彿是習慣性地變得兇狠了一些，這是一個不容人拒絕的人。

可我師祖是啥人？師傅又是啥人？我們不惹事，但事惹我們，惹上了就是光棍，市井無賴型的，我能聽他的？我雙手插袋，故意歪著腦袋看著他，很乾脆地說道：「我不！另外，我也不認識你。」

「哈哈哈，好，很好……」那人笑了，然後上前走了一步，笑容一收，眉頭一皺，樣子配合他的氣質就顯得有些駭人了，看那樣子，怕是一言不合，就想和我馬上單挑了一般。

這個時候，我注意到周圍的黑衣人有好幾個都圍了過來，其中我還注意到有一個匆匆忙忙地離去了。

我估計他們都快恨死我一灘血（討厭的俗語，指恨到吐血）了，就他媽是個事兒精，剛才在那邊和林辰「熱鬧」了一番，惹得市場擁堵來看熱鬧，這會兒又在這邊和這個看起來很厲害的人對上了。

「什麼很好？」我假裝聽不懂，掏了掏耳朵，然後轉身說道：「沒事兒我走了。」我就是賭他在這裡不敢動手，既然不敢動手，我和他囉嗦個毛線（囉嗦個屁）。

在我轉身的瞬間，我聽見那個黑衣人沉重的呼吸聲，看樣子是怒火攻心了，然後聽見有人小聲地說道：「師叔，算了，這裡不能……」我用眼角的餘光看見，說話的是一個黑衣人。

看來這人還不是一個獨行俠，應該是屬於暗組織的人，地位還蠻高的，但這一切都與我無關，你總不能自己砸自己攤子吧？

「好，我承認你很有勇氣，也很有傻氣，跟老李一脈別的傢伙一樣的討人嫌！我的忍耐是有限的，把你的沉香手串和虎爪賣給我，價錢好說，我還附送你一個交情。如果不賣的話……」那人的聲音在我的身後響起。

我的心中一下子就怒火升騰，原來林辰是這樣把我賣了，我身上有什麼，他們那個組織通過和我們的幾次接觸，是非常清楚的，畢竟愛琳那時也是林辰的人，這樣的小資訊，林辰知道也不奇怪。

可是我在轉身之後的表情卻異常平靜，我問道：「如果不賣，會是怎樣？」

「如果不賣，你在鬼市的日子會很難過。出去以後，也許就賣不到價錢了。」那人很簡短地告訴我。

其實也就是威脅我，我不賣，這幾天在鬼市會不好過，就算從鬼市離去也是沒辦法的，他在外面更好收拾我，賣不出價錢可以理解為他會動手搶，或許把這些東西變成無主之物，也就是說弄死主人，東西自然就是無主之物。

簡單地說，就是他吃定我了。

「如果賣，你給什麼價錢？」我笑呵呵地問道。

「果然你還不傻，價錢可以具體談，看你是小輩，我不會欺負你的。如果你喜歡錢，喜歡地位就更好辦，我保證你走出鬼市就是一個榮華富貴的人。」那人的表情舒緩了幾分，很是鄭重地對我說道。

緊接著他又說了一句：「外面說話不方便，進來談吧。」

「哦，我就隨便問問，我以前不知道這些值錢呢。謝謝你告訴我啊。」說完，我轉身就走，這兩樣東西就算我死，也不可能會賣，它們代表的不僅是傳承，還是師傅的情誼，既然是死都不怕了，我又何必屈服於這個人？

只是，師傅……我的心一酸，終究低頭紅了眼。

第四十三章　資訊

有些情緒是無用的，比如，在此刻去思念師傅，去想著有他的保護，我還怕什麼？這些情緒就如同如果這一個詞，通通可以拋棄，我只能帶著同門們，不停朝著前路走，哪怕有一天走到粉身碎骨，至少我不會後悔，更無遺憾。

再次抬起頭時，剛才那強烈的淚意已經被我忍了回去，換上的是平靜無比的表情，一雙眼睛再也看不出情緒。

我在賣百年老山參那個攤位等到了承心哥，我問他：「如何？」

「代價挺大，他要求用這人參煉製一些修煉需要的藥丸，你知道人參的藥性很大，更不要說是百年老山參了，修者都不一定能承受得住，完全吸收。而且沒有祕方調和，就算勉強弄個方子配合著吞服，也會吸收得不完全。」承心哥一說起藥，就有些滔滔不絕。

我有些頭疼地抓了抓腦袋，直接問道：「重點，重點！」

「好吧，重點就是他出人參，其餘的輔藥我出，然後煉製成的丹丸，他拿六份，我拿四份！這生意很虧，因為那些調和所需之藥也不是普通貨色，有的也是珍貴啊。」承心哥苦笑著說道。

「那就拒絕唄。」我絲毫不在意。

「算了，我拒絕不了！我還等著拿藥給你呢，大師兄。」承心哥扶了扶眼鏡，又露出了招牌似的溫和笑容。

我的心頭一熱，喉頭哽塞，一時間不知道說什麼！山字脈的修習，需求的太大，小時候師傅為了給我打底子，香湯、藥材一樣不少，但也是精打細算，頗為頭疼，就算這樣到後來也是支撐不住了。

如今師傅離開了，我的修習一直都是一切從簡，畢竟現實是無奈的，沒想到承心哥還如此記掛著。

「好了，你可別感動，山字脈可是打手型外加靈異型的，我指望著你保護我們，還指望著你帶著我們找到昆侖啊。」說完，承心哥又習慣性地拉著我。

我推開他，然後換成攬著他的姿勢，說道：「我感動個屁！這是你應該的，還有，我警告你，別拉著我，這動作太娘了，指不定這裡面好多人以為我們那啥呢。」

「怎麼，你不喜歡我嗎？」承心哥「幽怨」地望著我，但是下一刻他自己就繃不住哈哈大笑了起來。

我也跟著笑了起來，在笑的同時，我敏感地感覺到有一道怨毒的目光盯著我，我笑著轉頭看了一下，不就是等著看我狼狽的林辰嗎？可惜我笑容未收，根本就沒理他，我們師兄弟的快樂，不想被他壞了心情。

再過了一個小時以後，我和承心哥終於走出了市場，意味著一千塊錢的價值也就到此為止。除了那棵百年老山參，承心哥也沒收穫了，那些有藥草的攤主哪個不是仗著「奇貨可居」，漫天要價？相比於人參對修者的價值，其他的東西倒也罷了。

而且，在那個間隙，我把所有的事情原原本本地也告訴了承心哥，結果他連笑容都不變地說道：「沒惹也就算了，惹上門了，也就這樣唄，誰還怕誰啊？」只是說話的時候，他眼睛瞇了瞇，看起來真心「陰險」，我真想扯著嗓子告訴喜歡他的姑娘們，看吧，這才是你們眼中溫柔好男子的真面目。

不過，這態度也才是承心哥的本色，事實上，我們哪裡是老李一脈，我們根本就是「光棍」一脈。

走出市場的時候，林辰沒有出來，那黑袍人也沒有出來，估計是有未完的交易吧，我也樂得輕鬆，一路和承心哥說說笑笑的，根本也就不在意他們。

市場外依舊圍著很多人，見我們出來，有好幾人上前估計想問我們點兒什麼，卻被吳老二擠開了，換來了幾道憤怒的目光，無奈吳老二臉皮挺厚，根本就無視那些人。

「怎麼樣，兩位大哥，裡面可有一些好東西？」吳老二這人倒是直接。

「什麼東西對你才算好東西？」我反問道。

「嗨，我這人哪有什麼追求？就想找一些好藥，多活幾年，碰碰機緣，你們也知道人只有活著才能有機緣吶。」沒想到這吳老二獐頭鼠目的，說話倒挺有道理。

見他這麼問，承心就站出來把裡面所賣的藥材都給他說了一遍，最後說道：「那個百年老山參是我接手了，這東西不是醫字脈的也和那攤主做不成生意，他會要你說一個配人參的方子，看樣子，至少在藥理上他的造詣也頗深。」

吳老二歎息了一聲，說道：「算了，別說什麼百年老山參，就算其他的藥材也不是我能買得起的，到時候再說吧。我所有的希望還是在鬼市上。」

我們是一邊走一邊說的，看那樣子顯得我們和吳老二關係挺好似的，我想起了一件事兒，覺得有必要提醒吳老二一下，我們是不怕誰，但也不想連累其他人。

於是我對吳老二說道：「你就別和我們一起了，剛才在市場裡我貌似得罪了一個挺了不得的人，到時候牽連到你就不好了。」

果然，聽我這樣一說，吳老二縮了縮脖子，看樣子立刻就想走，但他終究是沒有走，而是有些小聲地問道：「大哥，誰啊，你說來聽聽，我別的不行，鬼市也參加過很多次，人還是認得不少，就是別人不認識我。」

吳老二的表現倒讓我高看了他幾分，對這個人的好感也是直線上升，加上我其實也想打聽打聽那個人的背景，畢竟我們這一脈從小被師傅們保護得太好，算是孤陋寡聞了，多知道一些，事情來了也好應付。

不怕，但也不意味著莽撞。

想到這些，我把那人的體貌特徵跟吳老二詳細地說了，吳老二越聽臉色越沉重，到後來幾乎是快哭了出來，待到我說完，那吳老二趕緊說道：「大哥啊，我可真佩服你，你咋把他給得罪了。兄弟我不坑你，你現在最好的辦法就是第一趕緊去道歉，他要求你做啥你就做啥。第二就是今晚也別參加啥鬼市了，趕緊收拾包袱，求求明組織的人，放你們走，從此以後隱姓埋名，再不出現。」

我和承心哥對望了一眼，微微皺眉，有那麼嚴重？

那吳老二背著手，轉著圈圈，忽然又停了下來，說道：「你們認識明組織的人不？我還認識一兩個，他們比暗組織的人好說話多了，不然我去牽線幫你說說？對了，這樣還不保險，你們認識算命的大師傅不？讓他們用祕法幫你們掩蓋一下命格，也就是掩蓋一下你們的痕跡吧，不然也會被找到啊。」

這吳老二的心地倒真的不壞，要知道我只不過給了他兩百塊錢而已，他卻是真心地在幫我們想辦法。

承心哥對他說道：「你別急，他既然惦記上我們了，我們也不是怕事兒的人，你把關於他的事情詳細地跟我們說說就好，其餘的你不用擔心，不牽連到你也就好了。」

那吳老二抹了一把臉上的汗珠，縮著脖子看了看周圍，小聲說道：「我現在不方便說啊，你們說個住的地方吧，我晚上在鬼市開市以前悄悄來找你們。」

我和承心哥很理解，兩百塊錢的情意能做到這個份上，已經是非常足夠了，算是一段善緣了，我點點頭，大概說了一下所住的地方，吳老二就要離去。

我又叫住了他，我覺得有一個問題我必須問問吳老二，吳老二一副急沖沖的樣子，但還是勉強裝著鎮定地停了下來，他也怕周圍的人看出什麼來，壓低聲音問道：「快說吧。」

「我想來這裡的人，有私人恩怨的也不少吧。我知道這裡主事的組織禁止任何形式的打鬥、鬥法，當然只是在交易場內，其他地方呢？會禁止嗎？」我快速地問道。

吳老二說道：「如果雙方都同意的情況下，自然有可以打架的地方。如果一方不肯，那是不行的，這就是規矩！鬼市開了那麼多次，其實打鬥是很少的，畢竟沒必要在鬼市解決。」

「那有這樣的事兒嗎？」我追問道。

「有當然是有的，晚上再說吧。」吳老二答完這句以後，就匆匆忙忙地走了。

第四十四章 馮衛

這一番折騰下來，已經是下午五點多的樣子，我和承心哥也沒先急著回住的地方，而是徑直走向了所謂的食堂。

在食堂，根本就沒有我們想像的學校食堂的樣子，什麼一盆盆的菜啊什麼的，有的只是稀稀拉拉剩下的為數不多的飯盒。

我和承心哥並沒多說什麼，而是走向前去買了三個飯盒，打開一看，裡面只有一個葷菜，一點兒榨菜，飯也不多。

「這盒飯恐怕我一頓吃四盒也吃不飽吧？」我感慨地對承心哥說了一句，其實修者的食量很大，因為身體需要的能量比較高。

承心哥還沒來得及答話，這話卻被賣飯盒的大師傅聽見了，他大聲說道：「愛買不買啊，反正每次開飯時間就提供四千個盒飯，你以為憑著外面那條快荒廢的土路，拉東西進來容易嗎？你以為掩人耳目地打點相關部門容易嗎？這他媽就是成本費！要吃飽吃好，可以，那邊有小間，五百塊錢一桌，四菜一湯，隨便你來幾個人。」

這大師傅的脾氣還挺火爆，我和承心哥可不敢爭辯，提著盒飯趕緊走了。其實細想起來我們也能理解，除了兩大組織，其餘人都是從山上繞行而來，為的是掩人耳目。

而兩大組織雖說利潤豐厚，但在這荒郊野外的運送一些生活物資進來也不易，他們可不能掩人耳目，只能疏通關係……

提著盒飯回了宿舍，沈星竟然沒睡，還倚在床頭看書，承心哥把盒飯遞給了沈星，沈星笑吟吟地接過盒飯，問道：「買得肉疼吧？」

「還好吧，幸好我們帶了一些乾糧，速食麵什麼的，餓了就用那個對付對付唄。」承心哥打開盒飯邊吃邊說道。

「如果你想賺錢，這可是個好機會，我記得沒錯，每天午飯、晚飯時間總有人兜售這些東西的，不便宜，也比盒飯便宜很多吧。再說這些盒飯數量不多，賣完也就沒有了，這裡的富豪啊，修者、有錢人那麼多，還挺供不應求的了。」沈星斯文地吃了一口飯進去，然後評價道。

「算了吧，我自己還吃不飽呢。再說，我們得罪人了，好像挺有權有勢的，我們去幹這個，說不定人家就逮著整我們了。」我一邊吃也一邊說道。

這話引起了沈星的注意，她放下盒飯，說道：「不是告訴你們一切不要莽撞嗎？你們怎麼得罪人了？」

這時，我已經吃完盒飯，隨手把盒子扔到了一邊，然後重重地往床上一躺，說道：「有些時候不是你不去惹事兒，事兒就不來惹你的。遇見了咋辦？難道裝孫子？」

沈星呵呵一笑，倒也沒有多說什麼，就說了一句：「等下吃晚飯，給我說說怎麼回事兒吧。」

承心哥埋頭吃飯，悶聲說道：「我們也說不清，等下有人會來給我們說一點兒情況，到時候一起說吧。」

沈星倒也不急，就淡淡地說了一聲好。

晚上八點多，天已經完全黑了下來，整個營區也陷入一片安靜。

在這裡的鬼市是晚上十一點以後開始準備，十二點之後才正式開始的，所以在上午還有晚飯到十二點以前這段時間是特別安靜的時間，因為人們需要睡覺和休息。

連日的奔波，讓我已經很累了，原本說等著吳老二過來，卻不想一躺下去就睡了過去，最後還是沈星把我推醒的，當我迷迷糊糊地醒來，發現吳老二已經到了房間。

「大哥，可是嚇死我了，敲好幾下都沒人開門啊，幸好這位姑娘幫我開了門。」說完，吳老二咧嘴一笑，露出了黃黃的大板牙，那樣子要多猥瑣有多猥瑣。

可我知道這小子的人品還真的不「猥瑣」。

起來擦了一把臉，我清醒了很多，剛轉身想問吳老二話，卻不想吳老二從懷裡掏出一包乾餅，說道：「兩位大哥，照顧一下生意吧，這麼大一袋乾餅，就兩百塊，比別人賣得便宜多了。」

承心哥笑呵呵地掏出五百塊錢塞給了吳老二，接過了那袋乾餅，吳老二一下子高興起來，就是眼睛盯著那袋乾餅，嚥了兩口口水。

我看見了，不禁打趣道：「你小子不會把自己的口糧賣了吧？」

「那算什麼，最多餓三天，誰不想在鬼市有點兒收穫啊？」吳老二用舌頭舔了舔嘴唇，裝作滿不在乎地說道。

承心哥打開那袋乾餅，拿了兩個給他，說道：「吃吧，不夠還有啊。」我也順便倒了一杯水遞給他。

吳老二感動地接過餅和水，使勁咬了一大口，又「咕咚咕咚」灌了一口水，才含糊不清地說道：「兩位大哥，你們對我真好，是真的好。我是孤兒，從小沒人疼，師傅打罵也厲害，別人瞧我這副樣子不愛理我和我交朋友，客戶一見我大多都覺得我是騙子。我還從來沒遇見有萍水相逢的人，對我那麼好的。」

這小子，我心裡也說不上什麼滋味，忽然就覺得自己擁有很多人，在抱怨的時候，真的不妨想想自己擁有的，那樣真的心態會平靜很多。

那麼大的乾餅，吳老二一共吃了三個才停嘴，我們也不催促他，等他吃完了，才說道：「你知道什麼，都說出來吧。」

吳老二也不囉嗦，開口就說道：「兩位大哥，你們這次惹上的人叫馮衛，平日裡喜歡別人叫他狂世上人。他自認為功力高深，手段厲害，所以當得起上人這個稱號。兩位大哥，你們也知道，在這世上吧，不論為人怎麼樣，修習正統功法的人還是居多，不過走捷徑、修邪功的人也不少，他們怕弱勢，就組織了一個類似於邪修組織，這馮衛在邪修組織的地位可不低啊，屬於比較高層的人了。」

吳老二一口氣就說出了馮衛的個人資訊，我想起了黑衣人叫他師叔的場景，於是問道：「他和暗組織是什麼關係？」

「所謂暗組織只是一個臨時的組織，反正都是一些行事不怎麼光明磊落，做事喜歡不擇手段的人組成的吧，就是為了怕利益被所謂正道的人獨佔了，這個圈子其實很複雜的，大家互相看不慣，互相沒辦法的事兒多了去了……總之馮衛所在的組織也是構成暗組織的一部分吧，所以他在暗組織也有一定的地位，所以說得罪了他在鬼市的日子不好過，你知道鬼市真正交易的時候很特殊的，你躲過了鬼市，出去他也必然報復你，修那些功法的人，總是有些心理變態吧，你別指望他是寬宏大量的人。」吳老二清楚地解釋道。

我和承心哥皺著眉頭聽著，沈星也在一旁托著下巴安安靜靜地聽著，但都從吳老二的話裡咂摸出來了滋味，一句話，就是拋開馮衛的個人能力不說，他的權勢也是極其厲害的，總之惹上他，就如惹上了附骨之蛆。

我內心不停地在分析著，但當務之急根本就不是馮衛，而是林辰，於是我問道：「老二，你在下午告訴我的可以打架什麼的是咋回事兒？」

「你說鬥法台啊？你不會要跟馮衛決鬥吧？」吳老二大吃一驚，在他看來我那麼年輕，去和馮衛鬥，無疑是吃了熊心豹子膽了。

「沒有，是遇見一個仇人，他和我過不去，那就不如上決鬥台解決了吧。」我淡淡地說道。的確，我不愛玩什麼陰謀詭計，對於林辰這種人，不如就和他打一場算了，這一次我不會手下留情就是了，當然我也不指望他能手下留情。

「這個簡單，其實圈子裡的恩恩怨怨複雜，鬼市每次幾乎是圈子裡的聚會，難免就有仇人。你說仇人相見都是分外眼紅的，這種事情你強行去制止也不是個辦法。所以，為了維護秩序，也不知道從哪次鬼市開始，就有了鬥法台，只要雙方願意，交了錢完全可以上鬥法台解決恩怨。大哥，你真決定要上鬥法台？在那裡是生死勿論的啊，你知道我們圈子裡的人有圈子的規矩，這種死人，總是有人擦屁股，有人掩蓋的，萬一……」吳老二擔心地說道。

我無所謂地拿起一個乾餅，咬了一口，說道：「沒事兒，沒有萬一，快刀斬亂麻吧。」

第四十五章　神奇

吳老二待了一會兒就離去了，我看時間還早，離鬼市十二點鐘開市還有接近三個小時，乾脆繼續倒頭睡去。

承心哥也是一樣，爬上上鋪，看樣子也準備補眠了。

沈星頗有些無奈地看著我們，說道：「大敵當前，你們就不做一點兒準備，還能安心睡大覺？」

我微微一笑，覺得懶得解釋什麼，倒是承心哥又打了一個哈欠，在床上說道：「與其浪費時間去煩惱，還不如安心睡覺，養好精神去對付，妳說對吧？」

沈星歎息了一聲，說道：「懶得去管你們，我在屋子裡一天悶壞了，我出去走走。」

對於這個聰明、冷靜、膽子大到敢一個人在深山老林裡行走的女子，我們沒有什麼不放心的，應了一聲，就任她出去了，以她的聰明，也該知道自己能在什麼範圍活動的。

當手機鬧鐘鬧醒我的時候，時間剛好是十一點二十分，在這個本應安靜的深夜，營區裡倒是分外熱鬧，宿舍的窗戶透來了光亮和嘈雜的人聲，像趕早市似的。

在我醒來的同時，承心哥也醒來了，我們倆簡單地收拾一番就出去了。

一出去，我們才知道什麼叫人山人海，畢竟一萬左右的人擠在這麼一個兵營，確實能營造出這種效果，在營區的路燈也開了，嘈雜的人聲也掩蓋不了那「嗡嗡嗡」的發電機的聲音。

我伸了一個懶腰，和承心哥一起隨著人流走去，因為我也不知道真正的鬼市開在哪裡，懶得問，也就隨大流走唄。

估計是每一個人都急著去鬼市，人群擁擠，但速度出奇的卻不慢，走了大概二十分鐘以後，我們就已經走出了這個部隊所在的地方。

這時，我才發現，這部隊所在地後面的圍牆是被拆了一截的，也才明白，部隊所在地只是一個方便人們居住的地方，並不是鬼市真正交易的場所。

出了部隊所在地以後，是一段平坦的山谷，越走越開闊。

說起來這個山谷就像一個水滴型，而部隊所在地是山谷口，就是水滴最窄的那一頭，所以我們也才會越走越開闊。

隨著地勢的開闊，這人流就顯得不是那麼擁擠和龐大了，開始鬆散了起來，我在前方人群中看到了林辰和他的人，他的手下似乎也發現了我，但我們很有默契地什麼舉動都沒有。

到鬼市，自然是交易為重！

就這樣，在山谷裡大約又走了半個小時以後，我們來到了一個極為廣闊的地方，人群就停在這裡不走了。

在這裡，依舊是發電機「嗡嗡」作響，一些燈光把這裡照得也算明亮，我隨意打量了一下，才發現這裡已經是山谷最開闊的地方了，人群等待在這裡，一點都不嫌擁擠。

我和承心哥對鬼市的一切都感到好奇，於是努力地朝前擠著想看個清楚，好容易擠到了前方，我一下子就敏銳地感覺到了陣法的波動，但光憑這個，我肯定猜不出是個什麼陣法的。

我想仔細看看，卻發現，這個雜草樹木已經被整理乾淨的地方，圍著一圈長長的黑布，根本就不會讓你看出什麼端倪，而來來回回的，有許多戴著面具的黑衣人、穿著黃色道袍的人在進進出出地忙碌著，懂行的人 下子就知道他們是在維持陣法，等待陣法穩定。

這一切，倒是搞得很神奇啊，我感慨地想著，看承心哥的樣子也是如此想法吧。

我們原本都以為自己見識得夠多，在這時才發現，其實這個世界還有很多神奇的地方，沒有見過的人，你就算告訴他了，他也會覺得你是在扯淡，而事情也只有親身經歷過，才知道窮其一生，這個世界也許都還有許多你觸碰不到的奧祕。

所以，人，永遠不要自傲，覺得自己學識豐富，見識廣博，也永遠不要覺得一切盡在掌握，也就對萬事萬物少了一份敬畏。

天地的一切都是暗含自然的玄機，做為人，其實應該適應自然，去融入，而不是想著奴役一切為自己的欲望服務，這樣終將付出代價，甚至是整個族群都付出慘痛的代價。

就在我思緒飄飛的時候，我的身旁傳來了議論的聲音。

「也不知道這一次的鬼市，會不會有真正的老鬼出現，它們才是最有價值的。」

「老鬼也就罷了，如果能有幾個有分量的仙家來加入，更有可能獲得寶物，現在這世道誰都不容易。」

「得了，得什麼東西付什麼代價，就算仙家來了，你付得起那個代價嗎？」

「說的也是，我們也只夠資格參加三場鬼市，這輩子也不知道有沒有機會見識一下在最後一天凌晨二點才開的鬼市，我得知的一點兒消息，那鬼市才是顛覆了我們所有見識的神奇啊……讓老子都相信會有神仙了。」

「噓，別亂議論這個，還是進去後，看能不能搶到一個好交易，但也不急，這才第一場嘛。」

「嗯。」

說著，周圍也不知道是哪裡的討論者都閉了嘴，我和承心哥震驚地對望了一眼，原來鬼市還有那麼多的祕聞！仙家？其實我瞭解的不多，師傅也不愛我接觸這些。

但我其實也清楚，仙家的本質不是神仙，而是一些有神通的靈體，或者是意念，大多是動物修行而成。

他告訴我人就是萬物之靈，沒理由去求到別的生靈，它們其實若走正道，非常清楚其實是幫助不了我們什麼的，盲目出手，附身於人的，其實是另有目的，是讓被附之人背負別人的因果冤孽，是一個轉移的遊戲，而不是什麼消弭解難。

所以，被附之人往往是很慘的。

因此，我對仙家這種東西，一般是保持著足夠的尊敬，畢竟動物修行，和人相比不易，但也敬而遠之，遊走於世間的，一般都是罪孽因果極大的，在得道無望後，在做偏激的事情。

我實在是沒想到，這個鬼市竟然還有仙家會來，不論我對仙家的評價如何，可我太清楚，仙家絕對比一般的鬼魂有本事得多，它們畢竟有一定的神通。

一般的鬼魂若偶然得道而修，估計也不會來參加什麼鬼市。

我對仙家是有期待的，能修成的動物靈哪個不是經歷了長長的歲月，說不定……

我腦中的各種念頭都冒了出來，也就完全忽略了那什麼凌晨二點，顛覆所有人認識的鬼市，在我看來，我這種小輩估計也是和那種鬼市無緣的吧。

時間一分一秒地過去，終於在黑布周圍忙碌的人也不再忙碌了，都停止了下來，我看見一個看似平凡的、穿著道袍的老頭兒走上前去，和幾個人嘀咕了幾句，然後就說道：「差不多了，帶人上來吧。」

帶人上來？什麼意思？

我還沒有看懂，就看見從山谷的另外一個方向走來了一隊人，穿著黑衣和道袍的各有一半，在他們身後，有一群穿著簡單素衣長袍，用一根麻繩繫了，光著腳的人。

這些人是什麼人？我心中疑惑，很想開天眼去看看，身上是否有靈力的波動，因為我敏感地覺得這些人就是普通人，但我還沒來得及做什麼的時候，承心哥已經摸著下巴說道：「這些人觀面色，都是一些陽虛體質之人。」

陽虛體質，不也就是山字脈裡所說的八字低，陽火低，極容易看見不乾淨東西，被附身之人嗎？

承心哥這樣一說，我閉上眼睛去感覺了一下，他們果然是屬於那種陰盛陽衰之人。

這一群人有男有女，被承心哥一眼看出來，倒也算他厲害，我拍了一下他的肩膀，說道：「承心哥，看不出來你也偷學了一點兒相字脈啊！」

「滾，老子中醫的望聞問切的功夫和看相有半毛錢的關係啊？你有點兒常識好不好？這根本是兩碼事！麻煩你以後千萬別生病，不然老子拿針扎死你，敢汙蔑我中醫。」

一滴冷汗從我額頭流了下來，我馬上閉了嘴，我知道這個所謂溫潤如玉的男子，聽誰亂說中醫上的事兒都會暴走，不再掩飾「真面目」，算我倒楣。

第四十六章　進入鬼市

就這樣，這群人在很多人默默的注視下，走到了那層黑布的前面，靜靜地排著隊，等待著。

我大概看了一下，這群素袍人大概有一百個的樣子，也不知道到底是來做什麼的。

他們站在那裡等待，不到兩分鐘，就有一個穿著黑袍的人上來挨個地在他們身上檢查著什麼，每檢查完一個就遞出一顆藥丸，並低聲說著什麼。

那個上去的黑袍人是馮衛！我站在人群中看著他，他彷彿是感覺到了我的目光一般，忽然轉頭衝我咧嘴一笑，那針對的目光明顯不懷好意。

我不知道他是怎麼在人群中一下子就看見我的，心裡略微有些震驚，但面對他的目光，我根本沒有閃躲，而是直接迎了上去，他這麼看著我，我也平靜地看著他。

估計是沒有想到我的膽子這麼大，那馮衛的臉不自覺地微微抽搐了一下，眼中也流露出了一絲怒意，但就在這時，另外一個人走上了前去，我一看，不就是那個看門的老頭兒嗎？

他走到馮衛的身邊，也不知道在小聲地嘀嘀咕咕說些什麼，說到最後，馮衛的臉色變得難看了幾分，最後他轉頭望向了我，很是明顯地哼了一聲。

而那老頭兒一隻手伸進胸口，不停地搓著，感覺像是在搓身上的汙垢，然後也是望著我一笑，目光中倒是頗有些意味深長，弄得我有些疑惑不解。

這一齣默劇倒是演得頗有意思，我想不明白其中的關節也就懶得再想，懶洋洋地站著，從褲兜裡摸出了一枝菸點上，也算是宣布了我的態度，管他的，愛誰就誰吧，要怎樣我接著就是。

很快，馮衛就檢查完了那些素袍人，每個人的藥丸也遞發完畢，轉身走了，從始至終他沒有再看我一眼，而我倒是很好奇他發的藥丸到底是什麼，但很快答案就出現在周圍人的議論中。

「弄完了，這次的『傳遞者』不知道又要死幾個啊？」

「這種事情一個願打，一個願挨，我們能理會什麼？就是他們給『傳遞者』那保命藥丸確實一般般，你說要是一個參丸，怎麼也可以把命保住嘛。」

「行了吧，還參丸，那成本可就大了。得了，別議論了，估計快進場了。」

這議論簡簡單單，可我還是聽出來了，那些素袍人原來是所謂的傳遞者，而馮衛給他們的藥丸原來是保命用的，我腦中隱隱約約知道這鬼市是咋回事兒了，心中不免有些異樣的滋味，這些傳遞者到底是怎樣想不通？才願意以普通人的身份介入鬼市的交易啊？

但是也容不得我多想，很快就有人上前去把黑布掀開了一個口子，而那些素袍人一個接著一個地慢慢走進去了，我分明看見其中有好幾人臉上流露出害怕的表情。

而那黑布被掀開了口子以後，我明顯地感覺到一股陰氣噴湧而出，似乎摻雜了很多「人聲」在其中似的，那一刻我就知道，「好兄弟」們已經到了，而那黑布也不簡單，估計是陣法的一環，起到的是隔絕的作用。

當最後一個素袍人進去以後，跟著又進去了幾個像管事一樣的人，黑布很快就放下了，所有人都在安靜地等待，此時距離十二點還有幾分鐘了。

就這樣安靜沉默了幾分鐘，有一個穿著黑衣的人走到了最前面，大聲說道：「鬼市的規矩想必很多老朋友都知道，但想著每次也會有新朋友的出現，所以我特別說明一下，每個人進入鬼市，門票三千！不要說我們黑，我只想說明，每個傳遞者的成本不會下於二萬，不要和我說不需要傳遞者也照樣交易，大家都是有本事的人，萬一一怒之下滅了『好兄弟』，可不是什麼愉快的事兒，『好兄弟』中也有大本事的，纏上大家更不是什麼愉快的事兒！再說，咱們這鬼市也有普通人參與……多的廢話我就不說了，傳遞者的各種好處大家也有體會。好吧，鬼市現在正式開市。」

說完那個黑衣人就走了，而在黑布前很快就多了一張收費的凳子和椅子，在外的人也很快在維護次序的人幫助下，迅速地排好隊，開始一個一個接連入場。

承心哥站在我的背後，小聲念叨著：「承一，這可受不起了，咱們兩人，要參加三次的話就一萬八了，我身上的錢怕是沒帶夠。」

我也挺煩惱地撓撓頭，說道：「就是，我就帶了一萬塊錢，誰知道參加一次這鬼市，要花這麼多錢啊。」

「我也差不多帶了這麼多吧，要實在不行，後面兩次我不參加了，咱們倆派一個代表就夠了。」

「嗯。」這確實是如今唯一的辦法了。

就在我和承心哥議論的當口，隊伍很快就輪到了我們，我們原本就站得比較前面，自然排隊也比較靠前，收錢的人收了我們六千以後，對著裡面嚷嚷了一句：「滿第一批的一千人沒？」

「沒呢，還差兩百呢。」裡面很快有個聲音回答道。

沒想到我們排得夠靠前了，前面都還有八百人，這收錢的人聽了回答，應了一聲，然後扯了兩張藍色的票給我們：「自己抓緊點兒時間啊，每一批都只有一個小時時間，一個小時以後，會有人來清理你們第一批，拿著藍色票據的人。」

「為啥要分批交易？只有一個小時？」承心哥不禁奇怪地問道。

「不然呢？一萬人擠進去亂七八糟嗎？你們算是幸運了，進到第一批，這天一亮，就算有陣法保護，很多『好兄弟』都會離去，只會留下少數！這些排在後面的人到時候還指不定參不參加呢。對了，我說一句，你們的票可得留著，因為第一場不參加，後面兩場也沒資格，因為今天拿到了藍色票的人，明天可是要按照規矩等在後面了。」那人和我們說了幾句，手一揮就讓我們進去了。

這世間的事兒沒有絕對的公平，他們能想出這樣的辦法保證一下交易的完整度和相對貢品也算不錯了。

沒有多餘的廢話，我和承心哥進入了黑布的後面，一進去，我和承心都忍不住打了個冷顫，倒不是因為這裡面陰冷，而是因為這佈置和氣氛，讓人覺得壓抑。

原來這根本不是一層黑布，而是在黑布之後，還有一圈黑布圍成了類似於帳篷的東西，頂上也是黑布蓋著，在這些黑色的布上，畫著奇奇怪怪的圖騰摻雜了陣紋，顯得亂七八糟又詭異。

我明白在這裡面的，絕大多數都是圈內人，用圖騰來掩飾陣紋，估計是怕被有心人看去了陣紋的奧祕。

除了這個，所有進入這裡的人都很安靜，幾乎是一言不發地在默默走動，整個黑色的帳篷內沒有燈什麼的，只是在很多位置點滿了白色的蠟燭，靠著蠟燭的光亮來照明。

更詭異的是，和人交易市場的攤位不同，這裡面堆著一堆堆被塗成黑色的三角形草棚，乍一看，跟墳包兒似的。

這麼詭異的一切，誰第一次看了，心裡不寒一下啊。

同樣的，還是畫有黃線，黑衣人就在黃線內走動，時不時地就會有一個人鑽進草棚裡去，我和承心哥適應了一下，信步走了進去，因為裡面的光線昏暗，我和承心哥也是大概走馬觀花地看了一圈，才發現有幾個與眾不同的角落。

就比如，有一個地方是「屋中屋」，也就是說帳篷裡還有帳篷，在那裡也有一個收費的。

就比如，還有一個地方，莫名其妙地站著二十個素袍人靜靜地不動，也不知道是在幹什麼……這一切都非常的新鮮又詭異，但一個小時的時間，我們確實是耽誤不起，我對承心哥說道：「分頭行動吧，我去找劉師傅要的東西，你去找找我們用得上的東西，再這麼走馬觀花，時間就不夠了。」

承心哥應了一聲，然後我們在這鬼市開始分頭行動。

（《城中詭事(1)》完）

高寶書版集團
gobooks.com.tw

DN 168
我當道士那些年 II（卷一・城中詭事）
作　　者　仐三
編　　輯　蘇芳毓
校　　對　余純菁
排　　版　趙小芳
美術編輯　宇宙小鹿
出　　版　英屬維京群島商高寶國際有限公司台灣分公司
Global Group Holdings, Ltd.
地　　址　台北市內湖區洲子街88號3樓
網　　址　gobooks.com.tw
電　　話　(02) 27992788
電　　郵　readers@gobooks.com.tw（讀者服務部）
pr@gobooks.com.tw（公關諮詢部）
傳　　真　出版部　(02) 27990909　行銷部 (02) 27993088
郵政劃撥　19394552
戶　　名　英屬維京群島商高寶國際有限公司台灣分公司
發　　行　希代多媒體書版股份有限公司/Printed in Taiwan
初版日期　2014年1月

國家圖書館出版品預行編目(CIP)資料

我當道士那些年 II（卷一・城中詭事）／仐三著 --
初版. -- 臺北市 :高寶國際出版 :
希代多媒體發行, 2014.1
面；　公分. -- (戲非戲168)

ISBN 978-986-185-957-6(卷一：平裝)

857.7　　102027160